WÄHREND DU WEG WARST

EIN MILLIARDÄR – LIEBESROMAN

JESSICA FOX

INHALT

Melde Dich an, um kostenlose Bücher zu erhalten   v

	Klappentext	1
1.	Kapitel Eins	5
2.	Kapitel Zwei	13
3.	Kapitel Drei	22
4.	Kapitel Vier	31
5.	Kapitel Fünf	39
6.	Kapitel Sechs	48
7.	Kapitel Sieben	60
8.	Kapitel Acht	68
9.	Kapitel Neun	77
10.	Kapitel Zehn	84
11.	Kapitel Elf	90
12.	Kapitel Zwölf	96
13.	Kapitel Dreizehn	101
14.	Kapitel Vierzehn	107
15.	Kapitel Fünfzehn	111
16.	Kapitel Sechzehn	117
17.	Kapitel Siebzehn	123
18.	Kapitel Achtzehn	127
19.	Kapitel Neunzehn	134
20.	Kapitel Zwanzig	142
21.	Kapitel Einundzwanzig	146
22.	Kapitel Zweiundzwanzig	156
23.	Kapitel Dreiundzwanzig	162
24.	Kapitel Vierundzwanzig	169

Melde Dich an, um kostenlose Bücher zu erhalten   173

Veröffentlicht in Deutschland:

Von: Jessica Fox

© Copyright 2020 – Jessica Fox

ISBN: 978-1-64808-151-4

ALLE RECHTE VORBEHALTEN. Kein Teil dieser Publikation darf ohne der ausdrücklichen schriftlichen, datierten und unterzeichneten Genehmigung des Autors in irgendeiner Form, elektronisch oder mechanisch, einschließlich Fotokopien, Aufzeichnungen oder durch Informationsspeicherungen oder Wiederherstellungssysteme reproduziert oder übertragen werden. storage or retrieval system without express written, dated and signed permission from the author

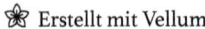 Erstellt mit Vellum

MELDE DICH AN, UM KOSTENLOSE BÜCHER ZU ERHALTEN

Möchtest Du gern Eifersucht und andere Liebesromane kostenlos lesen?

Tragen Sie sich für den Jessica Fox Newsletter ein und erhalten Sie ein KOSTENLOSES Buch exklusiv für Abonnenten indem Du diesen Link in deinem Browser eingibst:

https://www.steamyromance.info/kostenlose-b%C3%BCcher-und-h%C3%B6rb%C3%BCcher/

Eifersucht: Ein Milliardär Bad Boy Liebesroman

Neue Liebe entsteht, aber auch eine Eifersucht, die sie zu zerstören droht.
 Ich habe meine winzige Heimatstadt und ihre Einschränkungen hinter mir gelassen. Dann erschien ein bekanntes Gesicht in der Bar, in der ich arbeite, und brachte mich wieder dorthin zurück, wo ich angefangen hatte ...

https://www.steamyromance.info/kostenlose-b%C3%BCcher-und-h%C3%B6rb%C3%BCcher/

Du erhältst ebenso KOSTENLOSE Romanzen-Hörbücher, wenn Du Dich anmeldest

KLAPPENTEXT

Atom

Ich habe nie an Liebe auf den ersten Blick geglaubt – bis ich sie traf.
Es war nur ein Moment auf einer Weihnachtsparty vor langer Zeit, aber ich kann seit jener Nacht nicht aufhören, an sie zu denken.
Dementsprechend überrascht bin ich, als Maia Gahanna in meiner alten Heimatstadt auftaucht, Single ist und sogar noch schöner aussieht als in meiner Erinnerung – was ohnehin kaum möglich ist.
Aber mich bezaubert nicht nur ihr exquisites Gesicht ... sondern auch ihr Humor, ihre Liebenswürdigkeit und ihre Tapferkeit angesichts des schlimmsten Verrats.
Sie ist die Frau, auf die ich gewartet habe. Sie ist *die Richtige* ...
Aber jemand versucht, mir meine Liebe wegzunehmen, und das werde ich auf keinen Fall zulassen.
Ich werde um sie kämpfen. Ich werde sie beschützen.
Wir sind dazu bestimmt, zusammen zu sein – so viel weiß ich

sicher –, und ich werde alles tun, um für ihre Sicherheit zu sorgen …
Alles … absolut alles … um Maia glücklich zu machen.
Sie ist meine Welt und niemand wird unsere Liebesgeschichte ruinieren …
Niemand.

Maia

Ich hätte nie gedacht, dass ich jemals wieder glücklich sein würde. Nicht für einen Moment. Nicht nachdem er mir meine Tochter genommen hatte.
Der Mann, den ich geheiratet hatte, war nicht der, für den ich ihn hielt, und er hat es mir auf die grausamste Weise gezeigt.
Mir blieb nichts, und fünf Jahre lang wollte ich es nicht anders …
Aber jetzt …
Ich will mein Leben zurück, aber nicht hier, nicht in Manhattan.
Ich muss weit weg von diesem Ort. Ich fange in Seattle neu an.
Ein neuer Bundesstaat, ein neues Zuhause, eine neue Karriere.
Ich habe allerdings nicht erwartet, eine neue Liebe zu finden …
Atom. Er ist wunderschön, sexy und verführerisch und macht mich sehr, sehr verwegen …
Will ich meinen Seelenfrieden für unglaublichen, atemberaubenden Sex riskieren?
Ja.
Aber kann ich jemals wieder einem Mann vertrauen?
Atom Harcourt will mich dazu bringen, es zu versuchen …

Zwei Tage vor Weihnachten verlässt der New Yorker Technologie-Milliardär Zach Konta sein Zuhause auf der Upper East Side in Manhattan und winkt seiner schönen, viel jüngeren Frau Maia zum Abschied zu. Zach, ein liebevoller Vater, lächelt und wirft ihr einen Luftkuss zu, als er und ihre gemeinsame fünfjährige Tochter Luka sich auf den Weg machen, um Geschenke für Maia zu kaufen.

Sie kehren nie nach Hause zurück.

Als Maia fünf Jahre später erfährt, dass die Polizei das Verschwinden ihrer Familie nicht mehr untersucht und davon ausgeht, dass Zach und Luka tot sind, erkennt sie, dass sie mit ihrem Leben weitermachen muss. Aber Gerüchte und Misstrauen schlagen ihr bei jedem Schritt entgegen. Ihre alten Freunde haben sich zurückgezogen, und schließlich verlässt sie New York und ihr altes Leben, um auf einer kleinen Küsteninsel im Bundesstaat Washington neu anzufangen. Maia eröffnet eine Buchhandlung, erwärmt sich bald für ihr neues Zuhause und die neuen Freunde, die sie dort trifft, und hofft, das schreckliche Leid ihrer Vergangenheit hinter sich zu lassen.

Der rätselhafte Architekt Atom Harcourt kämpft gegen seine eigenen Dämonen. Nach dem plötzlichen Tod seines Vaters, der nie mit den Erfolgen seines Sohnes zufrieden war, sucht Atom Anonymität und Einsamkeit. Als ein Freund ihn mit dem Bau eines Hauses auf der Insel beauftragt, hofft er, dort nicht weiter aufzufallen, zieht aber schnell die Aufmerksamkeit der weiblichen Inselbewohner auf sich.

Atom sucht allerdings keine Romantik, sondern unverbindliche Affären. Er geht in anonyme Sexclubs und schläft mit schönen Frauen, deren Namen er sich nicht einmal merkt. Dann trifft er die schönste Frau, die er je gesehen hat, und sein Herz beginnt sich nach etwas zu sehnen, was er noch nie gehabt hat – eine Seelenverwandte.

Bald verlieben sich Atom und Maia heftig ineinander und müssen sich entscheiden, ob sie genug Vertrauen ineinander haben, um eine Beziehung zu führen. Nach ein paar Missverständnissen beginnen sie, sich ein gemeinsames Leben aufzubauen, doch dann ereignet sich eine Reihe seltsamer Vorkommnisse, die Maias Seelenfrieden zerstören.
Maias Welt steht auf dem Kopf, als sie anfängt zu glauben, dass ihre Tochter und ihr Exmann noch am Leben sein könnten, und es wird schnell klar, dass jemand versucht, ihr zu schaden und ihr neues Leben zu zerstören. Maia und Atom kämpfen darum, die Wahrheit herauszufinden, bevor der Mörder Maia erwischt und Atom die Liebe seines Lebens verliert ... für immer.

KAPITEL EINS

Maia rollte sich auf den Bauch und tat so, als würde sie nicht sehen, wie ihre fünfjährige Tochter ins Schlafzimmer ihrer Eltern schlich. Lukas langes dunkles Haar, das dem ihrer Mutter ähnelte, umgab ihr süßes, rundes Gesicht, als sie versuchte, nicht zu kichern.

Maia wartete, bis Luka auf das Ende des Bettes kletterte und zu den Kissen kroch, bevor sie sich brüllend aufrichtete und ihre Tochter zum Lachen brachte, indem sie sie kitzelte.

Maia gab schließlich auf, zog Luka in ihre Arme, küsste ihre Wangen und schmiegte ihre Nase an die Nase ihrer Tochter. „Guten Morgen, Kleines."

Luka kicherte und wand sich, bis sie ihre Arme um Maias Hals legen konnte. „Wie oft muss ich noch schlafen, Mama?"

Maia grinste. „Sieben Mal, Süße." Es war eine Woche vor Weihnachten und Luka bettelte ihre Eltern ständig an, einen Baum zu besorgen und ihn zu schmücken. „Alle anderen haben schon seit Wochen ihren Baum, Mama."

„Ja, Süße, aber du weißt, wie Daddy ist. Er sagt, es verdirbt die Vorfreude, wenn wir zu früh feiern."

Aber heute, eine Woche vor Weihnachten, hatten sie und

Luka viel vor. Der Baum würde später am Morgen in ihr Apartment auf der Upper East Side geliefert werden, und sie hatten bereits jede Menge Ornamente und Lichterketten gekauft. Luka war vor Aufregung fast außer sich.

Maia duschte sich und Luka und zog sie beide für den Tag an, bevor sie in die Küche gingen. Ihre Köchin Joelle lächelte sie an. „Heute ist der große Tag, hm?"

Während Luka ihr Frühstück aß, überprüfte Maia ihre Nachrichten. Zachary, ein echter Workaholic, war bereits bei der Arbeit, aber er hatte die Zeit gefunden, ihr eine SMS zu schicken, obwohl er der CEO eines multinationalen Technologieunternehmens war.

Hallo, mein Liebling, verbringe einen schönen Tag mit unserer Kleinen. Ich liebe dich. Z

Maia lächelte vor sich hin. Viele Leute hatten ihr gesagt, dass sie glaubten, Zach sei zu kühl für ihre lebenslustige Natur, oder dass er auf Partys sehr distanziert wirke, aber Maia wusste, dass ihr Ehemann, mit dem sie seit sechs Jahren verheiratet war, nur schüchtern war. Wenn sie unter sich waren, genossen sie aufrichtig die Gesellschaft des anderen, und Maia glaubte, dass er ihre wilderen Tendenzen erfolgreich im Zaum hielt.

Maia Gahanna hatte Zachary Konta kennengelernt, als der unnahbare Technologie-Milliardär nach Manhattan in ihren renommierten Verlag gekommen war, um seine Biographie zu besprechen.

Maia, damals Redakteurin für Sachbücher, hatte an dem Meeting teilgenommen, aber ihre Chefin und Mentorin Eliza Pentland die Führung übernehmen lassen. Sie hatte nicht erwartet, viel beizutragen, aber in dem Moment, als Zach Konta den Raum betrat, hatten sich seine Augen auf Maia gelegt und sie nie wieder verlassen.

Maia hatte sich bei seiner Aufmerksamkeit unwohl gefühlt, vor allem weil ihre Chefin Eliza darüber verärgert wirkte. Sie hatte absichtlich nicht mit Konta gesprochen, aber eine Stunde nachdem er den Sitzungssaal verlassen hatte, wurde ein riesiger Blumenstrauß mit einer Nachricht für sie geliefert.

Abendessen? Ich bin kein Mann, der ein Nein als Antwort akzeptiert.

Maia hatte eine Augenbraue hochgezogen. *Nun, für alles gibt es ein erstes Mal, Mr. Konta.* Sie war bereit gewesen, ihn anzurufen und seine Einladung abzulehnen, aber Eliza hatte den Strauß entdeckt und die Nachricht gelesen, bevor Maia sie aufhalten konnte.

Maia hatte ihrer Chefin versichert, dass sie das Date ablehnen würde, aber zu ihrer Überraschung hatte Eliza den Kopf geschüttelt. „Nein, gehen Sie darauf ein. Maia, wir brauchen den Buchvertrag mit ihm."

Maia war schockiert gewesen und Eliza hatte die Hände gehoben. „Ich meine nicht, dass Sie mit ihm schlafen sollen! Natürlich nicht, aber ein Arbeitsessen ... Er war offensichtlich von Ihnen fasziniert und als Kunde könnte er für den Verlag wertvoll sein."

Ihre Worte hatten eine unterschwellige Drohung enthalten – *machen Sie, was ich will, oder Ihr Job könnte gefährdet sein* –, und Maia hatte widerwillig zugestimmt, mit Konta zu Abend zu essen.

MAIA LÄCHELTE VOR SICH HIN. Sie hatte keine Chance gehabt. Zachary Konta war attraktiv, charmant und aufmerksam gewesen. Das erste Abendessen hatte ein zweites und ein drittes nach sich gezogen und innerhalb von drei Monaten hatten sie geheiratet. Jetzt, sieben Jahre später, war Maia immer noch benommen davon, wie leidenschaftlich Zach sie umworben hatte.

Maia war in einem Kinderheim auf Long Island aufgewachsen und hatte mehrere Pflegefamilien gehabt, bis sie schließlich erwachsen war. Mithilfe von drei Jobs und einem hohen Studentendarlehen hatte sie das College finanziert und sogar ein Stipendium für Columbia erhalten. Ein Praktikum hatte ihr schließlich die Stelle als Junior-Redakteur bei dem Verlag *Pentland and Cops* eingebracht.

Eliza war eine strenge, aber faire Mentorin, aber sie und Maia standen sich nie nahe. Sobald Maia allerdings geheiratet hatte, erwärmte sich Eliza deutlich für sie, da sie das Potenzial erkannte, das ein Platz im sozialen Umfeld von Zachary Konta mit sich brachte.

Maia, die immer schon gutmütig und großzügig gewesen war, hatte ihre neue Position in der gehobenen Gesellschaft mit Leichtigkeit und Anmut eingenommen und sich nicht darum gekümmert, ob Eliza sie benutzte, um ihre eigene Situation zu verbessern. Es hatte keinen Einfluss auf das Glück, das Maia mit Zach gefunden hatte.

Er war zwanzig Jahre älter als sie, achtundvierzig, während sie erst achtundzwanzig war, und sie hatten vor einem Monat ihren siebten Hochzeitstag gefeiert. Ihre größte Freude im Leben war jedoch zweifellos Luka. Ihre kluge, bezaubernde Tochter hatte sie einander noch näher gebracht.

Die einzige dunkle Wolke in ihrem scheinbar perfekten Leben war Zachs Gesundheit. Vor einem Jahr war bei ihm eine leichte Depression festgestellt worden und manchmal führten ihn seine finsteren Stimmungen an einen Ort, der seine Frau erschreckte. Er zog sich dann zurück, wurde gereizt und Maia gegenüber ein wenig zu besitzergreifend. Sie begegnete seinen Launen mit Liebe und Geduld, und nach einer Weile tauchte er reumütig wieder daraus auf.

Heute würden sie und Luka Geschenke für ihn kaufen

gehen. Als sie frischverheiratet waren, hatte sie nicht gewusst, was sie für einen Milliardär kaufen sollte, der sich ohnehin alles leisten konnte, aber bald wurde ihr klar, dass er nur ihre und Lukas Gesellschaft wollte.

Genau wie Maia liebte Zach es, zu lesen, und als sie Luka gegen die Dezemberkälte warm eingepackt hatte, gingen sie zu ihrem Lieblingsbuchladen, um etwas für ihn zu finden. Gerry, der Besitzer der Buchhandlung, begrüßte sie mit einem Lächeln. „Maia, du hast Glück. Ich war gerade in einem Antiquariat in Connecticut und du wirst nie raten, was ich dort entdeckt habe."

Er kramte hinter der Kasse herum, zog ein Buch hervor und reichte es ihr. Maia strich über den Ledereinband. *Solaris* von Stanislaw Lem. Einer von Zachs Lieblingsautoren. Sie lächelte Gerry an. „Wirklich?"

„Das ist die Erstausgabe. Ich habe sofort an dich gedacht."

„Das ist perfekt, Gerry. Vielen Dank. Kleines, warum suchst du dir nicht auch ein Buch aus, während ich mit Gerry spreche?"

Luka lächelte und ging in die Kinderabteilung. Gerrys Buchhandlung war klein, mit Holzregalen und Büchern, die nicht nur aus der Bestsellerliste der *New York Times* stammten. Maia und Luka konnten Stunden im Laden verbringen, und Gerry war so entspannt, dass es ihm nichts ausmachte. Da der Laden so klein war, konnten er und Maia sich unterhalten und gleichzeitig Luka im Auge behalten.

Maia bezahlte das Buch für Zach und Lukas Buch, und sie winkten Gerry zum Abschied zu und wünschten ihm frohe Feiertage. Sie hielten sich an den Händen, als sie zu verschiedenen Geschäften gingen. Nach einer Stunde brachte Maia Luka in ein Café und kaufte ihr eine heiße Schokolade.

Ihr Handy klingelte, als ihr Tee serviert wurde, und Maia lächelte die Kellnerin dankbar an. „Hallo?"

„Hallo, Schatz, ich bin es."

Maia unterdrückte ein Grinsen. Wer sonst? „Hey, Süßer."

„Ich wollte dich nur an die Party heute Abend erinnern."

„Ich weiß, Schatz. Die Kleine und ich gehen gleich los und kaufen neue Schuhe für mich."

Zach lachte. „Dir ist jede Ausrede recht."

Maia runzelte die Stirn. Was sollte das heißen? Sie war nun wirklich nicht verschwenderisch. „Nun, wie du weißt, will ich immer gut für dich aussehen."

„Das war nicht so gemeint, Schatz. Tut mir leid, ich war einen Moment abgelenkt. Du könntest in einem Müllsack auf der Party auftauchen und wärst trotzdem die schönste Frau im Raum."

„Ha." Maia errötete bei dem Kompliment und vergaß ihre Verärgerung. „Hast du getrunken? So früh, Mr. Konta?"

Zach lachte. „Ich sage nur die Wahrheit. Wie auch immer, ich wollte mich einfach kurz bei euch melden. Das ist meine Ausrede, um mit dir zu sprechen. Freut sich unsere Kleine schon auf das Einkaufen?"

Maia reichte ihrer Tochter das Telefon. „Daddy möchte Hallo sagen."

Sie hörte lächelnd dem Gespräch zu, das Luka mit ihrem Vater führte, und lächelte immer noch, als Luka ihr das Handy zurückgab.

„Siehst du? Ich habe keine Ahnung, wie wir sie in der nächsten Woche zum Einschlafen bringen sollen. Ist es immer noch nicht gesellschaftlich akzeptiert, Kinder unter Drogen zu setzen?" Sie sah Luka grinsend an, um zu zeigen, dass sie Witze machte, und brachte ihre Tochter zum Kichern.

Zach lachte. „Baby, ich muss gehen. Wir sehen uns später, okay? Ich liebe dich."

„Ich liebe dich auch."

. . .

Sie wollten noch etwa eine Stunde einkaufen und dann nach Hause gehen. Maia hatte sich über die Feiertage Urlaub vom Büro genommen, nachdem sie während ihrer gesamten Schwangerschaft und in Lukas ersten Lebensjahren ein Workaholic gewesen war. Sie bereute das jetzt, aber damals hatte sie der Welt und sich selbst beweisen wollen, dass sie eine moderne Frau war – dass sie alles schaffen konnte. Sie musste zugeben, dass sie hauptsächlich den Leuten in Zachs sozialem Umfeld beweisen wollte, dass sie es nicht auf sein Geld abgesehen hatte, dass sie selbstständig war und dass sie Zach nicht als Sugardaddy brauchte. Verdammt, sie hasste dieses Wort.

Im letzten Laden probierte sie mithilfe der Verkäuferin Schuhe für die Party an. Maia verabscheute das Tragen von High Heels, wusste aber, dass flache Schuhe nicht angemessen wären. Also brauchte sie Hilfe dabei, hohe Absätze zu finden, die zumindest halbwegs bequem waren. Luka spielte mit den leeren Schuhkartons und half der Verkäuferin, die anprobierten Schuhe wieder darin zu verstauen, bevor sie sich langweilte und stattdessen die glitzernden Kinderschuhe betrachtete.

Maia, die es hasste, Schuhe zu kaufen, verlor immer mehr die Motivation. Die Verkäuferin grinste sie an. „Sie hassen das."

„Ja."

„Das würde ich auch ... Nun, welche Farbe hat Ihr Outfit?"

Maia lächelte. „Mitternachtsblau."

Sie gingen einige Optionen durch, während Maia ein Auge auf Luka hatte. Die Verkäuferin präsentierte ihr ein letztes Paar Schuhe und Maias Augenbrauen schossen hoch. „Wow, wirklich?"

Die Pumps erinnerten Maia an die rubinroten Schuhe, die Dorothy im *Zauberer von Oz* trug. Die Verkäuferin grinste Maia an. „Es ist Weihnachten. Und wer braucht keinen Glitzer in seinem Leben?"

Die Schuhe waren wunderschön, wenn auch für die Upper

East Side nicht ganz passend – aber das war Maia egal. Sie lächelte. „Ich nehme sie."

Sie warf einen Blick auf die Kinderabteilung – und ihr Herz setzte einen Schlag aus. Ihre Tochter war nirgendwo zu sehen.

Luka war weg.

2

KAPITEL ZWEI

„Luka?" Sie rannte hinüber und sah sich panisch um. „Luka?" Ihre Stimme wurde lauter. „Schatz, verstecke dich jetzt nicht ..."

Die Verkäuferin kam mit besorgtem Gesicht zu ihr. „Ist alles in Ordnung?"

Maia starrte sie mit entsetzten Augen an. „Meine Tochter ..."

„Mama!"

Maia wirbelte herum und sah, wie Luka hinter einer Säule hervorsprang. Hinter ihr grinste Zach. Maias Herz wurde langsamer, aber jetzt ärgerte sie sich. „Mach das nie wieder", sagte sie und starrte ihren Mann dabei länger an als ihre Tochter. Sie sah, wie Lukas Gesicht sich verdunkelte, und beugte sich eilig zu ihr hinab. „Schatz, ich war nur besorgt."

„Daddy hat gesagt, es wäre nur Spaß." Luka sah unsicher zwischen ihrer Mutter und ihrem Vater hin und her.

„Mach dir keine Sorgen, Kleine, Mama übertreibt. Es war ein Streich, Maia, das ist alles."

Maia starrte Zach wütend an. Was zum Teufel war los mit ihm? Fand er das lustig? Und was machte er überhaupt hier?

Sie biss sich auf die Zunge und bezahlte ihre Schuhe, bevor

die Familie nach Hause ging. Luka war jetzt stiller und Maia wusste, dass sie die Spannungen zwischen ihren Eltern spüren konnte.

Um ihre Tochter abzulenken, schlug Maia vor, ins Rockefeller Center zu gehen und den Weihnachtsbaum dort anzusehen. Es schien zu funktionieren. Maia hob ihre Tochter hoch und umarmte sie fest, während sie zu verbergen versuchte, wie wütend sie auf Zach war. Sie sprach die ganze Zeit nicht direkt mit ihm.

Zu Hause spielte Luka in ihrem Zimmer, während Maia und Zach sich für die Party am Abend umzogen.

Nach einigen Momenten angespannter Stille seufzte Zach. „Maia ... komm schon. Es war nur ein dummer Streich."

„Mich glauben zu lassen, ich hätte meine Tochter verloren, ist kein Streich, es ist ... grausam. Warum um alles in der Welt ..." Maias Stimme wurde lauter. War sie zu hart zu ihm? War es wirklich nur ein gedankenloser Scherz gewesen? „Mach das nie wieder."

„Glaub mir, das werde ich nicht", murmelte Zach und marschierte ins Badezimmer.

Großartig, dachte Maia immer noch genervt. *Jetzt haben wir einen ganzen Abend voller giftiger Bemerkungen und Spannungen vor uns.* Sie war immer noch sauer. Dachte Zach etwa, eine Entschuldigung sei unter seiner Würde?

Sie zog ihr Kleid an und schminkte sich, während Zach duschte. Dann ging sie zu Luka. Das kleine Mädchen lag in seiner Bücherecke und las eine seiner Lieblingsgeschichten. Maia kümmerte sich nicht um ihr Kleid, sondern kroch zu ihrer Tochter und küsste sie. „Geht es dir gut, meine Kleine?"

Luka nickte, aber Maia konnte die Vorsicht in ihren Augen sehen. „Hör zu, Schatz, es ist okay. Daddy wusste nicht, dass ich so wütend sein würde, aber das ist nur, weil es mir das Herz brechen würde, dich zu verlieren und dich niemals wiederzusehen, verstehst du? Ich liebe dich so sehr, Nugget, mehr als alles andere auf der Welt. Sei nicht traurig. Manchmal machen Menschen Dinge, von denen sie denken, dass sie komisch sind, aber sie sind es nicht. Daddy hat einen Fehler gemacht. Es ist in Ordnung."

„Mama ... werdet Daddy und du euch trennen?"

„Nein! Himmel, Luka, nein ... manchmal gibt es Meinungsverschiedenheiten in einer Ehe, aber sie sind nicht von Dauer. Ich liebe Daddy und er liebt uns beide. Keine große Sache, okay?"

„Wirklich nicht?"

„Wirklich nicht." Maia küsste Lukas niedliche Stupsnase. „Sarah kommt bald. Sie hat mich vorhin angerufen und gesagt, dass sie etwas zum Basteln für euch zwei mitbringt. Du kannst ein bisschen länger aufbleiben als sonst, okay? Ausnahmsweise."

Lukas Augen leuchteten. „Okay."

ALS MAIA aus der Bücherecke kroch, fühlte sich ihr Herz leichter an. Zach wartete lächelnd auf sie. Er half ihr auf die Füße und zog sie an sich. „Es tut mir leid, Maia. Ich war ein Idiot."

Er küsste sie sanft und sie spürte, wie der letzte Ärger verpuffte. „Dir sei vergeben."

Sein Kuss wurde inniger. „Ich liebe dich, Mrs. Konta."

Sie kicherte. „Ich dich auch, Mr. Konta."

Sie gingen zurück in ihr Schlafzimmer, um sich fertigzumachen, und zu Maias Überraschung liebte Zach ihre glitzernden Dorothy-Schuhe. „Zeig es den arroganten Hexen auf der Party. Du siehst wunderschön aus, Liebling."

Ausnahmsweise fühlte sie sich auch so. Ein letztes Mal überprüfte Maia ihr Spiegelbild. Ihre karamellfarbene Haut, die sie von ihrer indischen Mutter und ihrem kreolischen Vater geerbt hatte, leuchtete unter dem leichten Make-up, das sie aufgetragen hatte, und ihr langes dunkles Haar fiel sanft über ihren Rücken. Das mitternachtsblaue Kleid betonte ihre vollen Brüste, ihren flachen Bauch und ihre kurvigen Hüften. Sie war nicht die größte Frau – nur 1,65 Meter –, aber die Absätze gaben ihr neben Zach mit seinen gut 1,80 Metern ein paar Zentimeter mehr. Er war in seinem dunkelblauen Anzug herrlich elegant und ergriff ihre Hand, als sie sich von Luka und Sarah, der Babysitterin, verabschiedeten und zu der wartenden Limousine gingen.

MAIA STRAFFTE UNBEWUSST IHREN RÜCKEN, als sie die Party erreichten. Obwohl sie die Leute dort gut kannte, fühlte sie sich immer noch als Außenseiterin. Sie war nicht in diese Welt hineingeboren worden, sondern hatte hineingeheiratet, und sie vermutete, dass viele von Zachs Bekannten auf sie herabschauten. Es gab insbesondere eine Frau, die immer wieder klarstellte, dass Maia nicht dazugehörte und es niemals tun würde. Tracey Golding-Hamm, eine schlanke blonde Society-Lady, die auf eine arrogante Weise wunderschön war, war schon immer in Zach verknallt gewesen, und als er die überhaupt nicht arrogante Maia geheiratet hatte, hatte Tracey nicht einmal versucht, ihre Verachtung zu verbergen. Maia hatte keine Angst vor ihr. Sie hasste es einfach, im selben Raum wie die bösartige Blondine zu sein.

Das Paar, das die Party veranstaltete, mochte und respektierte sie jedoch. Henry Klein war Zachs ehemaliger College-Mitbewohner und jetziger Geschäftspartner, und seine Frau Sakata engagierte sich für Wohltätigkeitsorganisationen und tat weit mehr, als nur Partys zu veranstalten. Sakata und Maia hatten sich sofort angefreundet. Wie Sakata es ausdrückte, waren sie das „asiatische Kontingent". Maia hatte über ihre Beschreibung gelacht und genickt.

Sakata hielt nichts von den blasierten Vertretern ihres sozialen Umfelds, jenen Männern und Frauen, die auf Maia herabsahen, seit Zach sie geheiratet hatte. „Mädchen, du hast zwei Hochschulabschlüsse und eine hohe Position in deinem Verlag. Und du hast es allein geschafft. Diese Idioten mussten es nie auch nur versuchen."

Maia sah, wie Tracey direkt auf sie und Zach zukam, und entschuldigte sich. In ihrer gegenwärtigen Stimmung wollte sie mit der gemeinen Hexe nichts zu tun haben.

Sakata kam zu ihrer Rettung und zog sie mit sich. „Komm. Ich weiß, wo Henry den guten Schnaps versteckt hat."

Sie und Maia verschwanden in die Küche und fanden eine Flasche Scotch. Sakata hielt sie triumphierend in die Höhe. „Henry wird mich umbringen, aber wen interessiert das schon? Ich muss dafür seinen schlechten Weingeschmack ertragen."

Sakata und Henry pflegten eine ungezwungene Beziehung voller Neckereien und Wortgefechte. Henry war so unkompliziert und Sakata so schelmisch, dass sie nicht in diese Welt zu passen schienen, aber Maia wünschte sich, dass ihr eigener Ehemann ein wenig mehr wie Henry wäre – entspannt und fröhlich.

Aber dann ... erzählte sie Sakata von Zachs Streich. „Überreagiere ich?"

Sakata verzog das Gesicht. „Auf keinen Fall. Was für eine idiotische Aktion."

Maia fühlte sich etwas besser. „Nicht wahr? Ich wollte ihn umbringen."

„Ich hätte ihn dort getreten, wo es richtig wehtut."

Maia lachte schnaubend. „Verdammt, daran habe ich gar nicht gedacht."

Sakata spießte eine Olive von einem Tablett auf, das darauf

wartete, auf der Party serviert zu werden, und steckte sie in ihren Mund. „Es sieht Zachary nicht ähnlich, anderen Streiche zu spielen."

„Ich weiß. Vielleicht hat mich das so schockiert." Maia trank einen Schluck Scotch und verzog das Gesicht. „Pfui."

Sakata schnaubte. „Versuche, langsam daran zu nippen. Woher wusste Zach, dass ihr in dem Laden wart?"

„Er sagte, er sei vorbeigegangen und habe uns gesehen."

„Zufällig?"

Maia nickte. Sie war sich auch nicht sicher, ob sie Zachs Geschichte glaubte, aber sie hatte keinen Grund, an ihm zu zweifeln. Er war kaum der Typ, der sie überwachen würde, aber trotzdem zog ein kalter Schauder über ihren Rücken. *Sei nicht dumm ... das ist Zach, von dem ihr hier sprecht – der Mann, den du liebst, der Vater deines Kindes. Du kennst ihn besser als dich selbst.*

Sie beschloss, das Thema zu wechseln. „Wer kommt heute Abend? Abgesehen von Tracey, der Hexenkönigin. Ich habe sie schon getroffen."

„Die üblichen Gäste, im Guten wie auch im Schlechten." Sakata grinste. „Oh, und ein paar neue Leute. Ein Paar, das wir kennengelernt haben, als wir auf der Konferenz in Jakarta waren. Julia und Gordon VanDusen. Sie ist reizend, aber er ist ... nun, süß, aber er greift gern zu, also halte die Augen offen und ducke dich weg, wenn du kannst. Und jemand, den Henry zu umgarnen versucht. Atom Harcourt."

„Der Name kommt mir bekannt vor."

„Du hast wahrscheinlich von seinem Vater Alan Harcourt, dem Grundstücksmagnaten, gehört. Atom hat für ihn gearbeitet." Sakata senkte die Stimme. „Er ist verdammt attraktiv, ein absoluter Traum, aber sehr verschlossen und zurückhaltend. Er hat eine Begleiterin dabei, scheint aber damit zufrieden zu sein, sie zu ignorieren und allein zu trinken. Ich glaube nicht, dass Henry sehr weit bei ihm kommen wird."

Maia empfand bereits Sympathie für den Neuzugang. „Ich wünschte, ich hätte den Mut, mich einfach zu verstecken. Sei mir nicht böse, aber du weißt, wie sehr ich Partys hasse."

„Schon gut. Für meine Arbeit sind sie ein notwendiges Übel." Sakata musterte sie. „Apropos Arbeit ... Ich habe gehört, dass Eliza euch bald verlassen wird."

Maia wurde rot. Niemand sollte über ihre bevorstehende Beförderung zur Chefredakteurin Bescheid wissen – nicht einmal Zach wusste es. Aber Sakata hatte ihre Quellen. „Noch ist nichts in Stein gemeißelt, also halte ich mich mit meiner Vorfreude zurück. Ich will nicht enttäuscht werden."

Sakata drückte ihren Arm. „Du hast es dir verdient. Meine Lippen sind versiegelt, versprochen." Sie seufzte. „Okay, lass uns zurück auf die Party gehen. Ich zeige dir den heißen Kerl, wenn er aus seinem Versteck kommt."

Maia kicherte immer noch, als sie zurückkehrten, um ihre Ehemänner zu finden. Zach schlang einen Arm um ihre Taille. „Du siehst glücklich aus."

„Bei dir immer", sagte sie und küsste seine Wange. Er lehnte seine Stirn an ihre.

„Bedeutet das, dass du mir vergeben hast?"

Maia lächelte. „Ganz genau ... und wenn wir heute Abend nach Hause kommen, zeige ich dir, wie sehr ich dir vergeben habe."

Seine Brauen hoben sich und Verlangen glühte in seinen Augen. „Ich werde dich an dein Versprechen erinnern, Maia Konta."

Zu Maias Erleichterung verlief die Party entspannt, und die arroganteren Gäste blieben unter sich. Sakata stellte Maia Julia und Gordon vor, und Maia freute sich über das schelmische Glitzern in Julias Augen. Gordon war ein wenig ungehobelt, aber trotzdem freundlich, und Maia erwärmte sich für das neue Paar und lud es nach den Feiertagen auf einen Drink ein.

„Liebend gern", sagte Julia und beugte sich verschwörerisch zu ihr vor. „Einige dieser Frauen wirken ..."

„... furchterregend?" Maia grinste ihre neue Freundin an, und Julia lachte.

„Ja."

Maia plauderte mit Julia, während Zach und Gordon über ihre Geschäfte sprachen, und bevor sie sich versahen, verabschiedeten sich bereits die ersten Partygäste. „Ist es schon so spät?"

Maia sah sich nach Zach um, der verschwunden war. „Entschuldige, Julia."

„Es war mir eine Freude, dich kennenzulernen! Ruf mich nach Weihnachten an, versprochen?"

Maia küsste ihre Wange. „Versprochen." Sie mochte die andere Frau sehr. Sie unterhielten sich noch eine Weile, dann holte Henry seine Frau ab, um sie noch ein paar anderen Leuten vorzustellen.

Maia drehte sich um und stöhnte fast laut. Tracey war direkt neben ihr. „Hallo, Maia." Sie musterte sie von oben bis unten und grinste, als sie ihre glitzernden roten Schuhe sah. „Ist das der Las-Vegas-Schlampen-Style? Ich hatte keine Ahnung, dass hier eine Kostümparty stattfindet."

„Oh doch, sonst wärst du nicht als Oberschlampe gekommen", schoss Maia zurück. „Vielleicht solltest du einmal das Kostüm wechseln. Dein aktuelles wird langsam alt." Sie trank ihren Champagner aus, schenkte Tracey ein unaufrichtiges Lächeln und ging davon. *Das hat gesessen.* Es war kleinlich, aber verdammt, es war befriedigend.

Sie wanderte durch die verbliebenen Menschen und versuchte, ihren Mann zu finden. Als sie ihn nirgendwo entdeckte, ging sie auf den Balkon und holte tief Luft. Es war bitterkalt, und sie erschauerte, aber die frische, eisige Luft machte ihren Kopf frei.

„Suchen Sie jemanden?"

Maia wirbelte beim Klang seiner Stimme herum. Hinter ihr stand ein Mann von einem der Balkonsessel auf. Er war knapp 1,90 Meter groß und breitschultrig. Sein dunkelbraunes Haar bestand aus wilden Locken und seine Augen waren lebhaft grün. Ein Dreitagebart zierte sein vollkommen perfektes Gesicht.

Maia wusste, dass sie ihn anstarrte, aber sie konnte nichts dagegen tun. Er war der schönste Mann, den sie je gesehen hatte. Er lächelte halb unter ihrem Blick. „Glauben Sie mir, das …", er zeigte auf sein Gesicht, „… ist ein Fluch und kein Segen."

Seine Augen waren fest auf ihre gerichtet, als er die Hand ausstreckte und ihre Wange berührte. „Eine exquisite Frau wie Sie kann unmöglich alleine hier sein."

Maia schluckte schwer und nickte. „Ich suche meinen Ehemann."

Der Mann lächelte. „Ehemann. Mein Pech."

„Maia?"

Sie hörte Zachs Stimme hinter sich und zwang sich zu einem Lächeln. „Hey, Zach, ich habe dich gesucht. Das ist …" Sie drehte sich um, aber der schöne Mann war verschwunden. „… eine wundervolle Aussicht", beendete sie unbeholfen ihren Satz und nickte zum Central Park.

„Nichts im Vergleich zu dem, was ich vor mir sehe. Lass uns nach Hause gehen, Schatz."

KAPITEL DREI

Zach war so liebevoll und aufmerksam auf dem Weg nach Hause, dass Maia den schönen Mann vergaß, und als sie sich von der Babysitterin verabschiedet und nach der schlafenden Luka geschaut hatten, war sie müde.

Aber Zach war hart für sie und zog ihr das Kleid von den Schultern. „Lass die Schuhe an", murmelte er und legte seine Lippen an ihren Hals.

Maia lachte leise und schnappte nach Luft, als er den Slip von ihr riss und ihren BH geschickt öffnete.

„Mein Gott, du bist so wunderschön, Liebling ..." Er legte sie zurück auf das Bett und drückte ihre Beine auseinander. Dann öffnete er seine Hose und zog seinen erigierten Schwanz heraus.

„Soll ich dich in den Mund nehmen, Zach?" Die Tatsache, dass er immer noch seinen Anzug trug, während sie nackt und entblößt war, erregte Maia, aber Zach schüttelte den Kopf, schlang stattdessen ihre Beine um seine Taille und stieß in sie. Sie hielt den Atem an, als er so abrupt in sie eindrang, aber bald fanden sie ihren Rhythmus und liebten sich, während Maia an Zachs Kleidern zerrte und ihre Lippen hungrig seine suchten.

. . .

ALS SIE MITTEN IN der Nacht aufwachte, war das Bett neben ihr leer. Sie seufzte. Dies war in den letzten Monaten bereits mehrmals passiert – Zach konnte nur schwer einschlafen. Sie schlüpfte aus dem Bett und schlich leise durch die Wohnung, um ihn zu finden. Er saß in seinem Arbeitszimmer, hatte seine Kopfhörer auf und starrte aus dem Fenster.

Maia legte ihre Arme um seine Schultern und umarmte ihn. Er nahm die Kopfhörer ab und legte sie auf den Schreibtisch. Dann ergriff er ihre Hand und zog sie auf seinen Schoß. Sie streichelte sein Gesicht und bemerkte die dunklen Ringe unter seinen Augen. „Was ist los, Liebling?"

Zach schüttelte den Kopf und drückte sie an sich, und sie streichelte sein Haar. „Liegt es an mir? Habe ich dich irgendwie verärgert?"

„Nein, Schatz. Du und Luka seid das Beste in meiner Welt. Ich fühle mich nur ..." Er lachte leise. „Ich kann es nicht einmal in Worte fassen. Unsicher. Frustriert."

„Worüber?"

Er zuckte mit den Schultern. „Das Leben. Ich glaube nicht, dass Depressionen einen Grund haben, Maia – sie kommen einfach. Meine Mutter hat auch darunter gelitten."

Maia hielt ihn fest. „Du hast mir nie viel über deine Eltern erzählt."

„Wohl nicht."

Maia wartete, aber er sprach nicht weiter. Sie drückte ihre Lippen an seine. „Komm zurück ins Bett, Liebling. Ich kann dir helfen, dich zu entspannen."

Seine Hand glitt unter ihrem Nachthemd über ihren Oberschenkel. „Warum nicht gleich hier?", sagte er mit rauer Stimme. Maia grinste und setzte sich auf ihn, als er ihr das Nachthemd über die Hüften hochschob.

Maia befreite seinen Schwanz aus seiner Jogginghose, und er schob sich in sie hinein und zog den Träger ihres Nachthemds nach unten, so dass ihre Brust frei lag, während sie sich liebten. Er nahm ihre Brustwarze in seinen Mund, saugte fest daran und ließ Maia vor Vergnügen nach Luft schnappen. Sie ritt ihn hart und stöhnte seinen Namen immer wieder, bis sie beide kamen.

Zach ließ sich danach von ihr zurück ins Bett führen, und sie umarmte ihn und drückte seinen Kopf an ihre Brüste.

Aber als sie einschlief, träumte sie von leuchtend grünen Augen und einem traurigen Lächeln.

Maia zog den Mantel fester um ihre Tochter. „Mach alle Knöpfe zu, Kleines. Draußen ist es wirklich kalt."

Luka nickte lächelnd. „Es schneit."

„Ja. Weiße Weihnachten, hm?" Maia zog Lukas Lieblingsmütze über ihr seidiges, dunkles Haar. „Nun, seid ihr beide sicher, dass ich nicht mitkommen soll?"

Zach grinste und Luka protestierte. „Ja, Mama. Wie sollen wir dir Überraschungen kaufen, wenn du dabei bist?"

„Ich mache nur Spaß, meine Kleine." Sie küsste Lukas runde, kleine Wange. „Sei brav für deinen Daddy."

Zach zog Luka in die Arme und küsste Maia. „Wir schaffen das schon."

„Bis später." Sie folgte ihnen zur Tür und lächelte sie an. „Viel Spaß."

Zach stieg in den Aufzug und blieb dann stehen. „Hab einen schönen Tag, Maia."

Sie grinste. „Ohne euch beide? Ich werde es versuchen, aber ich kann nichts versprechen."

Sie winkte ihnen zu, bis die Türen sich schlossen, und ging dann zurück in das Apartment. Sie hatte noch Arbeit zu erledigen, aber eigentlich wollte sie die Geschenke für Luka einpacken, bevor sie und Zach zurückkamen. Selbst wenn sie dachten, Luka sei eingeschlafen, wagten sie es nicht, nachts ihre Geschenke einzuwickeln – Maia hätte schwören können, dass Luka aus einer Entfernung von einer Meile ein Geschenk ausspähen konnte.

Draußen fiel der Schnee dicht auf die von Wolkenkratzern gekrönte Skyline von Manhattan, und es war bewölkt. Maia schaltete die Lichter des Weihnachtsbaums ein und breitete Papier, Klebeband und Schleifen aus. Sie machte den Film *Das Wunder von Manhattan* auf dem riesigen Flachbildfernseher an und verbrachte den Vormittag damit, Geschenke einzupacken, den Film anzusehen und warmen, gewürzten Apfelsaft zu trinken.

Als die Päckchen fertig waren, schaute sie auf die Uhr. Drei Uhr nachmittags. Sie hatten ihrem Personal – ihrer Köchin Patricia und ihrer Putzfrau Hannah – Urlaub gegeben, und obwohl Maia die beiden Frauen mochte, war sie glücklich darüber, dass sie die Wohnung für sich hatte. Sie würde heute das Abendessen kochen: Lukas Lieblingsgericht Fleischbällchen mit Spaghetti (in Wahrheit war es auch ihr eigener Favorit) und Apfelkuchen. Am Weihnachtstag würde sie einen Truthahn zubereiten, aber jetzt machte sie sich daran, Gemüse zu schneiden und aus Hackfleisch Bällchen zu formen.

Schließlich schob sie das fast fertige Gericht in den Ofen, um es mit Käse zu überbacken, und sah mit leicht gerunzelter Stirn wieder auf die Uhr. Es war fast sechs, und sie hatte früher mit ihrer Rückkehr gerechnet. Maia überprüfte ihr Handy – keine Nachricht. Zögerlich wählte sie Zachs Nummer. Sie wurde direkt zur Mailbox weitergeleitet

„Hey, Schatz, wenn du das hörst, kannst du mich anrufen? Ich frage mich nur, wann ich mit euch rechnen kann. Ihr zwei habt sicher viel Spaß, hm? Ich liebe euch. Gib unserer Kleinen einen Kuss von mir."

Sie legte das Handy auf die Theke und erwartete, dass es sofort klingeln würde, aber es blieb stumm. *Keine Panik, alles ist gut... es ist gut.*

Sie ließ sich ein Bad ein und dachte, es würde sie ablenken, aber als sie im warmen Wasser war und ihr Handy neben der Badewanne lag, stellte sie fest, dass sie ihre Augen nicht davon abwenden konnte.

Kein Grund, sich Sorgen zu machen. Sie haben wahrscheinlich einfach nur die Zeit vergessen.

Aber um sieben Uhr, als sie aus der Wanne stieg und ihren Bademantel überzog, spürte Maia Panik in sich aufsteigen. Sie ging die Geschäfte durch, in denen Zach wahrscheinlich ihre Geschenke besorgen würde. Die Buchhandlung, Chanel, Bergdorfs ... sie hasste sich selbst dafür, ging aber zu seinem Schreibtisch, um zu sehen, ob sie Hinweise finden konnte. *Jeden Moment kommen sie durch die Tür und lachen mich aus, weil ich so besorgt bin ... jeden Moment.*

Sie sah einen Termin für eine der exklusivsten Parfümerien der Stadt auf seinem Notizblock, holte tief Luft und rief dort an.

„Ja", sagte die Frau am Telefon, „Ihr Mann hatte einen Termin bei uns, aber ich fürchte, dass Mr. Konta nicht zur vereinbarten Zeit erschienen ist." Die Frau klang ein wenig verärgert, aber das war Maia egal. Ihr Herz war zu Eis erstarrt. Zach verpasste nie einen Termin. Ohne Erklärung legte sie auf und rief jeden der Läden an, von denen sie vermutete, dass Zach sie aufgesucht hatte, sogar die Geschäfte, in denen sie nur einmal gewesen waren.

Nirgendwo hatte man ihn gesehen. „Er muss unsere Tochter bei sich gehabt haben", sagte Maia verzweifelt. „Ein süßes Kind mit einem roten Mantel und einer blauen Wollmütze mit einem rosa Stern darauf."

„Es tut mir leid, Ma'am, aber wir hatten heute Tausende von Kunden. Es ist Heiligabend."

Das war die Antwort, die sie von allen Geschäften bekam, und selbst die kleineren Läden konnten ihr nicht helfen. Sie versuchte wieder erfolglos, Zachs Handy zu erreichen, und rief dann Sakata an. Maia erklärte, worum es ging, und versuchte, die Panik aus ihrer Stimme herauszuhalten, aber Sakata war sofort besorgt. „Wir kommen zu dir. Hast du schon die Polizei gerufen?"

„Noch nicht."

„Tu es. Wir kommen so schnell wie möglich."

Maia beugte sich vor und versuchte, Sauerstoff in ihre Lunge zu ziehen und die Panik zu unterdrücken. Das konnte nicht passieren. Unmöglich. Jeden Moment würde Luka in die Wohnung gerannt kommen, nach ihr rufen und ihre kleinen Arme um Maias Hals legen ...

Sie rief die Polizei an, die höflich, aber gleichgültig war, bis sie sagte, wer Zach war. Auf wundersame Weise war man plötzlich sehr interessiert. „Wir schicken sofort jemanden zu Ihnen, Ma'am."

Maia schüttelte den Kopf und lächelte grimmig. Sie wäre normalerweise empört über diese Art von Bevorzugung gewesen, aber im Moment nahm sie, was sie bekommen konnte. Alles, um Luka zu finden. Und Zach natürlich ...

Wenn das ein weiterer seiner „Streiche" war ... dann war er *sehr weit* über das Ziel hinausgeschossen. Aber die kalte Hand, die sich um ihr Herz legte, sagte ihr, dass dies kein Streich und kein kranker Scherz war.

Sakata und Henry kamen gerade an, als zwei Polizisten vor ihrer Tür erschienen. Maia erzählte ihnen von ihren Befürchtungen und berichtete, was sie getan hatte, um ihren Ehemann und ihre Tochter zu finden. Sie versicherten ihr, dass sie jeder Spur folgen würden.

„Müssen wir nicht vierundzwanzig Stunden warten?" Was sagte sie da? Maia spürte, wie ihr die Fassung entglitt. Sie wollte sie anschreien, loszugehen und ihr Kind und ihren Mann zu finden, aber stattdessen kam so etwas aus ihrem Mund.

Sakata nahm Maia in die Arme, als sie anfing zu schluchzen, und Maia hörte, wie Henry leise mit den beiden Polizisten sprach. „Wie Sie sehen können, ist die Situation für Maia sehr belastend."

„Es ist okay, Sir. Hören Sie, Ma'am, wenn ein minderjähriges Kind involviert ist, warten wir keine vierundzwanzig Stunden."

„Danke, vielen Dank ... Bitte, sie ist nur ein kleines Mädchen ..." Maia war sich nicht sicher, ob sie durch ihr Schluchzen zu verstehen war, aber der Detective nickte.

„Wir bleiben in Kontakt, machen Sie sich keine Sorgen."

Die Nacht brach herein. Maia wählte Zachs Telefonnummer hundert Mal, aber bald war die Mailbox voll und sie sprach ins Nichts.

Schließlich rief Sakata einen Arzt und obwohl Maia anfangs protestierte, ließ sie sich ein Beruhigungsmittel von ihm geben. Es machte sie benommen, und sie lag auf ihrem Bett und sehnte sich verzweifelt nach Neuigkeiten und Lukas süßer Stimme, die nach ihr rief.

Aber da war nichts. Im Morgengrauen brachte Sakata ihr heißen Tee. Maia nahm ihn dankbar entgegen. „Du hast so viel für mich getan", sagte sie zu ihrer Freundin. „Ich kann dich nicht bitten, noch länger zu bleiben."

„Doch, das kannst du. Ich werde dich nicht verlassen. Henry ist losgegangen, um überall zu suchen, wo sie sein könnten."

„Wirklich?" Maia empfand tiefe Dankbarkeit. Sie hielt Sakatas Hand. „Denkst du ..."

„Nein. Es geht ihnen gut. Es gibt eine völlig vernünftige Erklärung. Du wirst sehen ..." Sakatas Stimme brach, und sie schaute weg. Maias Herz verengte sich. Sakata wusste so gut wie sie, dass etwas nicht stimmte. Das war nicht normal.

Es war der erste Weihnachtstag. Maia stand auf und ging ins Wohnzimmer. Als sie Lukas Geschenke unter dem Baum sah, schwankte sie und ihr ganzer Körper zitterte. „Oh Gott ..." Sie sank auf die Knie. „Sie ist weg, nicht wahr?"

Sakata kam zu ihr, und sie weinten zusammen. Sakata konnte ihrer Freundin keine falschen Hoffnungen machen, und Maia war dafür seltsam dankbar. Sie wollte nicht hoffen und daran glauben, dass ihre Tochter sicher und gesund zu ihr zurückkehren würde, denn wenn das nicht so war ...

Es war unvorstellbar, aber es war die schmerzhafte Realität. Luka und Zach wurden vermisst.

STUNDEN WURDEN ZU TAGEN. Das neue Jahr kam und ging und die Welt um Maia drehte sich weiter, als wäre ihr Leben nicht auseinandergerissen worden. Sie hatte Sakata und Henry schließlich nach Hause geschickt. Sie war dankbar für ihre Liebe und Unterstützung, sagte ihnen jedoch, dass sie nicht noch mehr von ihnen verlangen könne.

Sie hatte niemanden sonst, an den sie sich wenden konnte. Ihre Kollegen und Freunde hatten alle ihre Unterstützung angeboten, aber Maia wollte allein sein – damit sie schreien und mitten in der Nacht überall nach einem Anzeichen von Luka und Zach suchen konnte, ohne dass jemand sie aufhielt.

Eines der Dinge, die sie und Zach gemeinsam hatten, war, dass keiner von ihnen eine Familie hatte. Maia war nach ihrer Geburt von ihrer Mutter verlassen worden und bei Pflegefamilien aufgewachsen. Zachs Eltern waren bei einem Autounfall ums Leben gekommen, als er siebzehn war. Alle anderen Angehörigen hatten sich von ihm abgewandt, als ihnen klar wurde, dass er ihnen sein Geld nicht in ihre unersättlichen Rachen stopfen würde. Maia bedauerte sehr, dass Luka keine Großeltern hatte, besonders als sie in den Kindergarten kam und unter Tränen fragte, warum alle anderen Kinder welche hatten.

Jetzt ging sie in das Zimmer ihrer Tochter, legte sich hin, vergrub ihr Gesicht in ihrem Kissen und atmete den pudrigen, süßen Duft von Lukas Haar ein. Der Schmerz in Maias Seele brannte wie die Hölle. Sie konnte nicht glauben, dass sie weder ihre kostbare Luka noch ihren Ehemann jemals wiedersehen würde ...

DREI TAGE später kam die Polizei zu ihr und sagte, dass sie Zachs Auto auf einer Brücke auf dem Campus der Cornell Universität, seiner Alma Mater, entdeckt hatten. Im Wagen befand sich Lukas Rucksack und eine Nachricht an Maia, die einfach nur lautete: „Es tut mir leid."

Es gab kein Beruhigungsmittel, das der Arzt Maia geben konnte, das die geringste Chance hatte, den quälenden, unerträglichen Schmerz der Endgültigkeit zu lindern.

Luka und Zach waren weg.

KAPITEL VIER

*Fünf Jahre später...
Seattle*

ATOM HARCOURT NICKTE, als der Richter ihm die Scheidung gewährte. Er sah Gail nicht an, während sie ihm gegenüberstand. Er wusste bereits, welchen Ausdruck ihr Gesicht zeigen würde. Schmerz, Verrat, Hass. Und er hatte alles davon verdient. Gail war eine gute Frau, und er war selbstsüchtig genug gewesen, sie zu heiraten, nur um seinen Vater glücklich zu machen. Es hatte nicht funktioniert.

Nun war sein Vater tot und Gail verabscheute ihn von ganzem Herzen. *Es tut mir leid*, wollte er ihr sagen, *es tut mir leid, dass ich so ein schwacher Bastard bin.*

Er riskierte einen Blick auf sie. Ihre eleganten Gesichtszüge waren leer, als sie ihn anstarrte, aber ihre Augen erzählten ihm die Geschichte ihrer Traurigkeit und ihres Schmerzes.

Mein Gott, es tut mir leid ...

Er ging auf sie zu, als der Richter die Verhandlung beendete, aber Gail drehte ihren Kopf und marschierte aus dem Saal, wobei sie ihn demonstrativ ignorierte. Er wusste, dass sie nie wieder mit ihm sprechen würde, und er konnte es ihr nicht zum Vorwurf machen.

Atom bedankte sich bei seinem Anwalt, stieg schnell in seinen Mercedes und verließ die Stadt. Er fuhr in keine bestimmte Richtung, bis er die Küste erreichte. Dann ignorierte er die Tatsache, dass er einen maßgeschneiderten Anzug im Wert von siebzehntausend Dollar trug, und ging meilenweit am Strand entlang. Selbst als es zu regnen begann, kehrte er nicht um, sondern war dankbar für das schlechte Wetter, das dafür sorgte, dass er allein war.

Er war wirklich allein. In der Woche seit dem Tod seines Vaters hatte Atom sich geweigert, darüber nachzudenken, aber jetzt wusste er, dass es so war. Seine Mutter war gestorben, als er noch ein Kind war, und sein älterer Bruder war vor Jahren nach Australien gegangen und hatte den Kontakt abgebrochen. Jahrelang waren Atom und sein Vater in einem verrückten Machtspiel gefangen gewesen und hatten versucht, einander zu übertreffen.

Atom hatte es satt. Der Tod seines Vaters hatte etwas in ihm entfesselt, eine Freiheit ... eine Art Erleichterung. Die Schuldgefühle, die damit einhergingen, waren fast unerträglich.

Was für ein beschissenes Leben. Atom wurde langsamer und atmete schwer. Er war unheimlich reich und so gutaussehend wie Adonis, aber das bedeutete ihm nichts. Er wollte ...

Was wollte er? Die Ehe war eindeutig nichts für ihn. Er hatte seine Zwanziger und Dreißiger damit verbracht, die schönsten Frauen der Welt zu ficken, aber das hatte ihn nicht glücklich gemacht. Er hatte jemanden gesucht, der nicht existierte. Eine Seelenverwandte.

Nur ein einziges Mal hatte er etwas Verheißungsvolles gespürt – ein kurzer Moment auf einer Party vor fünf Jahren. Ein Moment in einer kalten Dezembernacht.

Ihre Augen, diese großen tiefbraunen Augen, waren mit dunklen Wimpern umrahmt gewesen. Und ihr süßes Lächeln. Himmel, es war weniger als eine Minute gewesen, aber seitdem verfolgte sie ihn in seinen Träumen.

Dummerweise. Sie war nämlich verheiratet. Nach der Party war Atom nach Seattle zurückgeflogen und hatte versucht, sie zu vergessen, aber ab und zu tauchte ihr Gesicht in seinen Träumen auf.

Um seine Einsamkeit zu lindern, hatte er in letzter Zeit häufiger Sexclubs besucht, die exklusiveren im Stadtzentrum. Anonym und diskret gönnte er sich so viel Sex, wie er wollte, ohne je den Namen der Frauen zu erfahren, die er fickte.

Er bevorzugte es so.

Atom rieb sich das Gesicht. Verdammt, er war so durcheinander. Etwas in seinem Leben musste sich ändern. Etwas musste ihm einen Sinn geben.

Er fuhr zurück zu seiner Wohnung in der Stadt. In der Dusche hielt er sein Gesicht unter den kühlen Wasserstrahl und hoffte, den Kopf freizubekommen. Er traf heute Abend einen alten Freund namens Dante Harper, der gerade mit seiner Frau Emory in die Stadt gezogen war. Das Paar hatte einige Jahre in Dantes Heimatland Italien verbracht, war aber jetzt wieder in Seattle. Atom und Dante waren als Kinder enge Freunde gewesen. Atom spürte eine Welle der Hoffnung. Dante war schon immer eine stabilisierende Kraft in seinem Leben gewesen – vielleicht konnte er sich seinem Freund anvertrauen und ihn um Rat fragen.

Etwas musste sich ändern, so viel wusste Atom. Er wusste nur nicht, was er dafür tun sollte.

„Atom!" Dante umarmte seinen alten Freund fest und Atom spürte, wie sein Herz leichter wurde. Dante stellte ihm die reizende Frau an seiner Seite vor. „Atom, das ist meine Emory."

Atom küsste ihre Wange. „Also bist du es, die diesen alten Mann so glücklich gemacht hat? Ich freue mich, dich endlich kennenzulernen."

Emory Harper lächelte ihn an. „Ich freue mich auch, Atom. Dante redet die ganze Zeit von dir."

Sie war wunderschön und Atom verspürte einen Stich. Ihre karamellfarbene Haut, ihre großen dunklen Augen ... Sie erinnerte ihn an die Frau auf dem Balkon.

Beim Abendessen erfuhr er, dass das Paar eine Tochter hatte. „Sie ist jetzt acht und ziemlich temperamentvoll", sagte Emory lachend und zeigte ihm das Bild eines jungen Mädchens mit fröhlichen, tanzenden Augen und einem strahlenden Lächeln. „Nella. Sie fragt uns immer nach einem Bruder oder einer Schwester."

„Erfüllt ihr eurer Tochter diesen Wunsch?"

„Nella wurde adoptiert", sagte Emory sachlich. „Ich konnte auf natürlichem Weg keine Kinder bekommen. Aber wir denken darüber nach, wieder zu adoptierten." Sie grinste Dante an. „Kommt nur darauf an, ob mein alter Mann noch die Energie dazu hat."

Dante lachte. „Hört auf, mich *alter Mann* zu nennen." Er sah Atom an. „Und was ist mit dir?"

Atom zuckte mit den Schultern und erzählte ihnen von der Scheidung. „Es war besser so."

„Aber es ist noch so frisch." Emory sah ihn stirnrunzelnd an. „Alles okay?"

Nein, nichts ist okay. Überhaupt nicht. „Es geht mir gut. Es ist der Beginn einer neuen Ära." Er sah Dante an. „Vielleicht hast du ein Projekt, das wir gemeinsam beginnen können? Ich brauche eine neue Herausforderung."

Dante und Emory tauschten einen Blick, und Dante nickte. „Ich bin mir sicher, dass wir uns etwas einfallen lassen können."

„Atom ... Sobald wir uns in dem neuen Haus eingelebt haben, musst du das Wochenende bei uns verbringen. Falls wir jemals ein passendes Haus finden. Wir suchen etwas auf Bainbridge Island."

„Dabei kann ich euch helfen", sagte er zu ihnen. „Ich habe Kontakte in der Gegend."

NACHDEM ER SICH von seinen Freunden verabschiedet hatte, wollte er nach Hause gehen, fuhr aber stattdessen in die Stadt zu einem seiner Lieblingsclubs – einem Club, der seine Kunden aufforderte, für die ultimative Anonymität Augenmasken zu tragen. Er saß eine Weile an der Bar, bevor er in den Räumen auf der Rückseite des Clubs empfangen wurde. Dort war eine weitere Bar, aber die Gäste waren nicht für Cocktails dort.

Als Atom die Maske über seinen Augen befestigte, ließ er seinen Blick über die anwesenden Frauen schweifen. Er hatte bereits mit ein paar von ihnen geschlafen und einige würde es nicht stören, ihre Affäre wiederzubeleben, aber er schlief nie zweimal mit derselben Frau – das hatte er ihnen gleich zu Beginn zu verstehen gegeben.

Seine Augen wurden von einer dunkelhaarigen Frau angezogen, die an der Bar saß. Sie war neu. Ihre Kurven füllten ein hautenges rotes Kleid, das sich an ihre schmale Taille und ihre runden Hüften schmiegte. Ihre Brüste waren voll und schön geformt. Atom spürte, wie sein Schwanz auf ihre Schönheit reagierte. Ihr Gesicht war fast vollständig von ihrer weißen Maske verdeckt, aber er konnte ihren vollen rosaroten Mund sehen, als sie an ihrem Drink nippte.

Er ging hinüber, bestellte ein Mineralwasser und setzte sich neben sie. Sie sah ihn nicht an und als sie ihr Glas hob, konnte er ihre Hände zittern sehen. Ah. Sie war also wirklich neu ... und unerfahren.

„Hallo."

Sie sah ihn mit unnatürlich violetten Augen an – Kontaktlinsen, vermutete er. Sie wollte offenbar nicht, dass irgendjemand ihr wahres Ich sah, und das faszinierte ihn. „Hallo." Eine sanfte Stimme, die leicht bebte.

Er lächelte mit weichen Augen. „Du bist neu hier."

Sie nickte. „Ja. Ich ..." Sie gab ein süßes kleines Kichern von sich. „Ich weiß nicht wirklich, was ich hier mache. Es war eine Laune. Es tut mir leid, ich sollte wahrscheinlich cool und selbstsicher sein, aber die Wahrheit ist ... ich habe keine Ahnung, was ich hier mache." Sie schüttelte den Kopf und lächelte. „Ich glaube, ich bin hier falsch. Dabei wollte ich einfach nur etwas anderes ausprobieren, verstehst du? Etwas außerhalb meines Wohlfühlbereichs."

Atom berührte mit seinem Finger ihre Wange und war erfreut, als sie nicht zurückwich. Es war etwas Anziehendes an dieser Frau und ihrer Ehrlichkeit. Normalerweise spielten die Leute im Club einander etwas vor – was irgendwie auch der Sinn der Masken war –, aber diese Frau ...

„Wenn du dich nicht wohlfühlst, bezaubernde Lady ..."

„Ich sollte gehen."

Atom fühlte sich beraubt, aber er nickte. „Ich würde es hassen, wenn du in etwas gefangen wärst, für das du nicht bereit bist."

Was sagte er da? Wann war er so sentimental geworden?

Aber etwas an ihr weckte seinen Beschützerinstinkt. Sie war wunderschön, sexy ... und definitiv am falschen Ort. „Darf ich dich nach draußen begleiten?"

Sie zögerte und nickte dann. Er bot ihr seinen Arm an. „Ich muss sagen, ich bin überrascht, einen solchen Gentleman hier zu finden. Vielen Dank."

„Gern geschehen." *Frag sie nach ihrer Nummer. Bitte sie, mit dir nach Hause zu kommen. Lass sie nicht gehen.* „Kann ich dich nach Hause fahren?"

Oh, verdammt. Er sah Bedrängnis in ihren Augen und hielt die Hände hoch. „Vergiss, dass ich das gesagt habe. Es tut mir leid. Ich meinte es gut, nicht als unbeholfene Anmache."

Sie lachte erleichtert. „Es ist okay, ich nehme ein Taxi."

Atom wartete mit ihr vor dem Club, bis ein Taxi anhielt, und öffnete ihr die Tür. „Es hat mich gefreut, dich kennenzulernen."

„Mich auch. Danke, dass du mich vor diesem Ort gerettet hast." Sie zögerte, dann küsste sie ihn kurz und sanft auf den Mund. „Du hast diesen Abend zu einer guten Erinnerung gemacht. Leb wohl."

„Bye."

Er sah zu, wie das Taxi wegfuhr, und schüttelte den Kopf. Was für eine verrückte Nacht. Als das Taxi in der Dunkelheit verschwunden war, nahm Atom seine Maske ab und schob sie in seine Tasche. Heute Nacht hatte er die Begeisterung für unverbindlichen Sex verloren. Er ging zu seinem Auto und war dankbar, dass er nichts Alkoholisches getrunken hatte. Er wollte durch die kühle Nachtluft fahren, um den Kopf freizubekommen. Seine Lippen kribbelten immer noch von ihrem sanften Kuss ...

„Ah, verdammt nochmal." Was war los mit ihm? Jetzt war er schon zweimal einer Frau begegnet, die in ihm nicht nur sexuelle Gefühle weckte, sondern auch etwas anderes, etwas Tieferes, und beide Male hatte er sie gehen lassen.

Verdammt.

Vielleicht war es Zeit, erwachsen zu werden und jemanden zu finden, der ihm mehr bedeutete als schneller Sex. Jemand, der ihm wirklich wichtig war.

Vielleicht war es Zeit.

KAPITEL FÜNF

Maia bedankte sich bei dem Taxifahrer und betrat ihr Hotelzimmer. Sie zog ihr rotes Kleid aus und entfernte erleichtert die violetten Kontaktlinsen aus ihren Augen. Sie zitterte immer noch und als sie geduscht und sich eine Sweathose und ein Shirt angezogen hatte, kroch sie seufzend ins Bett.

„Was zum Teufel habe ich mir nur dabei gedacht?" Am Anfang war sie mutig – und frustriert – gewesen und es war ihr wie eine gute Idee erschienen, in den Club zu gehen. Sie brauchte die Berührung eines anderen Menschen, schon seit Jahren, und heute Abend hatte ihre Frustration ihren Höhepunkt erreicht und sie hatte im Internet recherchiert.

Anonymer, maskierter Sex klang verführerisch und nach einer guten Option. Wenn der Kerl im Club nicht so nett gewesen wäre, hätte sie es vielleicht durchgezogen. Sie lächelte vor sich hin. Ja, er war ein Schatz gewesen, und dafür dankte sie Gott.

Maia lehnte sich zurück. Zumindest war sie vor einer Katastrophe gerettet worden. Die größte Katastrophe war natürlich ihr Leben. Nach fünf Jahren auf der Suche nach Luka und Zach, weil sie nicht glauben konnte, dass ihre Tochter tot war, hatten ihre Freundinnen ihr ins Gewissen geredet.

Sakata, Julia ... beide hatten sie mit ein paar harten Wahrheiten konfrontiert. „Sie sind weg", hatte Sakata gesagt und dabei Maias Hände gehalten. „Luka ist weg. Tot, Maia. Zachs Nachricht hat das deutlich gemacht."

Maia zuckte zusammen, als sie sich daran erinnerte, aber sie hatte damals schon gewusst, dass sie recht hatten. „Du musst ein neues Leben beginnen", hatte Julia gesagt, die eine gute Freundin geworden war. „Weit weg von New York."

Sie hatte gewusst, dass sie auch damit recht hatten. Ihre Nemesis, Tracey, hatte jedem, der ihr zuhörte, erzählt, dass Maia ihren Ehemann nicht glücklich machen konnte und ihn so verzweifelt gemacht hatte, dass er sich und seine Tochter getötet hatte. Mehr als einmal musste Maia davon abgehalten werden, Traceys selbstgefälligem Treiben mit Gewalt ein Ende zu setzen. Der letzte Strohhalm war der Artikel in einer New Yorker Zeitschrift gewesen, hinter dem eindeutig Tracey steckte und der Maia als eine geldgierige Hure darstellte. Maias Freunde hatten sie verteidigt und sie ermutigt, den Autor und die Zeitschrift zu verklagen, aber Maia war einfach nur erschöpft gewesen.

Also hat sie sich entschieden, auf die andere Seite des Landes zu ziehen. Sie war noch nie in Seattle gewesen, aber sobald sie die Gewässer der Elliott Bay und des Puget Sound, die Olympic Mountains und den majestätischen Mount Rainier vor der Skyline sah, wusste sie, dass sie die richtige Entscheidung getroffen hatte.

Ein neues Leben.

DIE NEW YORKER POLIZEI weigerte sich immer noch, den Fall abzuschließen und Zach und Luka für tot zu erklären.

Zach ... sie würde ihm *niemals* vergeben. So einfach war das.

Als seine Freunde ihn bei seinem Gedächtnisgottesdienst dafür gepriesen hatten, was für ein großartiger Mann er gewesen war, konnte sie sich kaum davon abhalten, zu schreien, er sei ein Mörder. Dass er ihre Tochter mitgenommen und ihr junges Leben aus keinem anderen Grund beendet hatte, als Maia Schmerzen zu bereiten.

Bastard.

Also hatte Maia, deren Zorn in ihr brannte, sich in Abwesenheit von Zach scheiden lassen und das alleinige Sorgerecht für Luka beantragt ... die verlorene Tochter. Zachs Geld war in Fonds gebunden, aber sie hatte selbst genug angespart – und die Wohnung war aus steuerlichen Gründen in ihrem Namen gewesen. Sie hatte alles verkauft und sich auf den Umzug an die Westküste vorbereitet.

Maia hatte Henry die volle Kontrolle über Zachs Teil der Firma gegeben, da sie nicht daran interessiert war, sie selbst zu führen, sondern Lukas Erbe retten wollte ... nur für den Fall.

Alles war „nur für den Fall", aber mit jedem Tag, der verging, akzeptierte Maia mehr, dass sie ihre Tochter niemals wiedersehen würde.

Jetzt war sie seit einigen Tagen in Seattle und hatte sich vorläufig in einem kleinen, aber sauberen Hotel verbarrikadiert. Sie hatte eine vage Vorstellung davon, was sie tun wollte, aber sie hatte das Vertrauen in sich verloren. Nach dem Verschwinden ihrer Tochter und ihres Mannes hatte sie ihre Position im Verlag aufgegeben und jeden Tag nach Hinweisen auf Lukas Schicksal gesucht.

Sie war dabei fast verrückt geworden.

Nun, als sie anfing zu akzeptieren, dass Luka verschwunden war, und sie am Rande eines neuen Lebens stand, erblühte ein wenig Optimismus in ihrer Seele. Es gab gute Menschen auf dieser Welt, das hatte der Fremde in dem Sexclub bewiesen.

ZWEI TAGE später stand sie in einem leeren Laden auf Bainbridge Island. Von den großen Panoramafenstern aus konnte sie über die Bucht zur Stadt sehen. Die Holzböden und Regale rochen wunderbar, und Maia wusste, dass sie ihren Platz gefunden hatte. Sie sprach mit dem Makler und unterschrieb schließlich einen Fünfjahresvertrag.

„Was wollen Sie damit machen?" Der Immobilienmakler namens Jensen sah sie interessiert an. Er war ein netter junger Mann mit dunkelblonden Haaren und fröhlichen grünen Augen.

„Eine Buchhandlung eröffnen", sagte sie und lächelte ihn an. „Ich weiß, dass das für Sie langweilig klingen muss, aber ich liebe es zu lesen."

„Überhaupt nicht", versicherte er ihr. „Ich bin auch ein Nerd. Oh, ich meine ... das war nicht böse gemeint." Er schien zu befürchten, dass sie es vielleicht als Beleidigung empfand, aber Maia lachte.

„Kein Problem, ich bin ein Nerd und stolz darauf." Sie sah sich in ihren neuen Räumlichkeiten um. „So viel zum geschäftlichen Teil. Lassen Sie uns jetzt darüber reden, wo ich wohnen kann."

JENSEN ZEIGTE ihr in einer ruhigen Straße ein Haus mit Garten, der zu einem kleinen Privatstrand führte. Es stand schon länger leer und die Möbel waren mit Staub bedeckt, aber als Maia hindurchging, konnte sie sich vorstellen, dort heimisch zu werden.

Auf der Veranda befand sich eine von Holzwürmen zerfressene Schaukel und als sie sich vorsichtig setzte, schwang sie sanft vor und zurück. Jensen beobachtete sie. „Nun?"

Sie lächelte ihn an. „Ja. Sie hatten heute einen guten Tag, Jensen."

Er lachte. „Ich bin froh, das zu hören. Brauchen Sie Hilfe beim Umzug? Ich kenne Firmen, die Ihnen dabei helfen können, wenn Sie wollen."

„Das ist nicht nötig. Ich habe nur meine Kleider und Bücher mitgebracht." Maia stand auf. „Ich fange von vorn an, Jensen. Aber wenn Sie mir ein gutes Möbelgeschäft empfehlen könnten, wäre ich Ihnen dankbar."

EINE WOCHE später war sie eingezogen. Sie stellte fest, dass sie es mochte, einfach zu leben, und als Jensen ihr ein großartiges Möbelgeschäft empfahl, kaufte sie ein paar Stücke – ein neues Bett, einen Küchentisch, ein paar bequeme Sessel –, aber jeden Abend saß sie auf der wackligen Veranda auf der Schaukel und betrachtete den Sonnenuntergang auf der Insel.

Tagsüber schrubbte sie die Holzfußböden ihrer neuen Buchhandlung, polierte die Regale und füllte sie dann voller Begeisterung mit Büchern. Sie suchte einen Schildermacher und drei Wochen nach ihrer Ankunft in Washington öffnete *Luka's Books* den ersten neugierigen Kunden seine Pforten.

ATOM UMARMTE EMORY, als sie ihm die Tür öffnete. „Hallo. Du siehst ... besser aus." Sie musterte ihn und nickte wohlwollend. Atom grinste sie an. Obwohl sie sich noch nicht lange kannten, hatte er die Frau seines Freundes liebgewonnen.

Emory Harper hatte kein leichtes Leben gehabt. Nachdem sie bei einem Schulmassaker verletzt worden war, war sie von ihrem rachsüchtigen Exehemann angeschossen worden und hatte nur dank Dantes Hilfe und Pflege überlebt. Die ehemalige Lehrerin arbeitete heute als Professorin an der Universität.

Nella, die Tochter der Harpers, begrüßte Atom schüchtern. „Ich glaube, sie ist in dich verknallt", sagte Emory unter dem Protest ihrer Tochter.

Dante klopfte Atom auf die Schulter. „Du kommst gerade rechtzeitig. Ich habe gekocht."

„Schatz, du hast Steaks auf den Grill gelegt." Emory lachte leise. „Okay, okay, das zählt."

Im Garten ihres gemieteten Hauses auf Bainbridge Island sah Atom, dass sie tatsächlich mit dem Kochen begonnen hatten. Einige gemeinsame Freunde waren ebenfalls gekommen, und Atom plauderte entspannt mit ihnen.

Emory hatte recht. In den letzten Wochen war Atom eine Last von den Schultern gefallen. In seinem Leben gab es keine Angst mehr, seinen Vater zu enttäuschen ... sie war von der Angst, sich selbst zu enttäuschen, ersetzt worden.

Aber daran konnte er etwas ändern. Er hatte bis spät in die Nacht mit Dante gesprochen, der ihn davon überzeugt hatte, dass die Veränderung bereits greifbar war.

Er hatte sich ihm über das Mädchen im Club anvertraut, und Dante hatte genickt. „Manchmal kommen Menschen aus einem bestimmten Grund in unser Leben. So wie Emory, trotz der schrecklichen Art, wie wir uns kennengelernt haben. Sie würde dir sagen, dass alles aus einem bestimmten Grund geschieht, und sie weiß, wovon sie spricht." Er tätschelte die Schulter seines Freundes. „Du wirst diese Frau, wer sie auch war, vielleicht niemals wiedersehen. Es ist zumindest sehr unwahrscheinlich. Aber vielleicht hat sie dir gezeigt, dass jemand in dein Herz gelangen könnte."

Atom hatte immer wieder über die Worte seines Freundes nachgedacht und begonnen, in seinem Alltag neue Möglichkeiten und Verbindungen zu entdecken. Er suchte nicht verbissen nach der richtigen Frau, sondern öffnete sich für mehr als nur eine Affäre.

Mehr als das, was er Gail während ihrer Ehe gegeben hatte. Himmel, er war ein Bastard gewesen, auch wenn er niemals seine Stimme oder seine Faust gegen sie erhoben hatte. Emotionale Abwesenheit war eine andere Art von Missbrauch. Er hatte sie angerufen und ihr eine lange Nachricht auf ihrer Mailbox hinterlassen, um sich zu entschuldigen, aber sie hatte ihn nicht zurückgerufen. Atom konnte es ihr nicht verübeln. Sie wollte den Schmerz hinter sich lassen, und er respektierte das. Es war nicht Gails Aufgabe, ihn von seinen Schuldgefühlen zu erlösen.

„Hey, Kumpel." Dante setzte sich mit einem Bier in der Hand neben ihn. „Jetzt, da ich einen Moment Pause vom Kochen habe …", er grinste, als Emory schnaubte, „wollte ich mit dir über etwas reden."

„Nur zu."

„Wir haben hier auf der Insel ein Grundstück gefunden und möchten, dass du dort ein Haus für uns baust."

Atom trank von seinem Bier. „Oh, einfach so?" Er lachte. „Wow, okay …"

„Du bist der beste Architekt, den ich kenne, das weiß jeder, und du hast viel zu lange in Meetings und hinter Schreibtischen gesessen. Komm schon, Atom, du weißt, dass es stimmt. Bei allem Respekt – dein Vater hat dir nie die Freiheit gegeben, so zu gestalten, wie du es kannst. Also gebe ich dir volle Handlungsfreiheit und ein unbegrenztes Budget. Baue meinen Mädchen einen Palast."

Atom grinste seinen Freund an. „Ich gehe davon aus, dass das bildlich gesprochen ist."

„Du weißt, was ich meine. Emory hat eine Menge Ideen, also bin ich mir sicher, dass sie dir alles darüber erzählen wird und noch mehr." Dante beugte sich vor und sagte flüsternd: „Ich hasse es, dir das zu sagen, aber Emory hat ein ganzes Projektbuch gefüllt mit Ideen, und nichts und niemand kann sie davon abhalten, sie umzusetzen. Es gibt Türme, Mann, *Türme.*"

„Ich kann dich hören." Emory kicherte und setzte sich auf seine Knie. „Also, Atom, hat Dante es dir gesagt?"

„Ja, und ich freue mich darauf." Atom lächelte das Paar an und beobachtete, wie die beiden einander festhielten. Sie waren einander so nah und so gut aufeinander eingespielt, dass Atoms Herz schmerzte. Würde er jemals so jemanden finden?

Als er in dieser Nacht nach Hause fuhr, fragte er sich, ob Dante und Emory einander so nahestanden, weil sie zusammen durch die Hölle gegangen waren – auf Leben und Tod. Er fühlte sich schlecht, weil er so deprimiert war, obwohl sie etwas viel Schlimmeres durchgemacht hatten als er ... jedenfalls im Vergleich zu dem, was er sich eingestehen würde. Es gab einige Teile seines Lebens, die er für sich behielt und sein ganzes Leben geleugnet hatte, weil sie einfach zu schmerzhaft waren, um damit konfrontiert zu werden.

Auf der Fähre zum Festland blickte er zurück auf die Insel. Er mochte das Tempo des Lebens dort – es war ziemlich entspannt. Er freute sich darauf, das neue Zuhause von Dante und Emory zu bauen, und würde vielleicht selbst ein Haus mieten, während er dort war, um zu sehen, wie das Inselleben zu ihm passte.

Es war etwas ganz anderes. Eine andere Art, sein Leben zu führen. Sein Unternehmen lief praktisch von selbst dank seines überaus effizienten Teams, und es war nicht so, dass er es sich nicht leisten konnte, eine Auszeit für ein privates Projekt zu nehmen. Dank des Testaments seines Vaters war er Milliardär.

Atom lachte halb vor sich hin. Er hatte sein eigenes Geld verdient, wenn auch mithilfe guter Bildung und der Unterstützung seines Vaters, aber jetzt, mit unbegrenzten Ressourcen ...

Verschwende es aber nicht, sagte er zu sich selbst, *nutze es, um dir ein neues Leben aufzubauen und deine Leidenschaft zurückzubekommen.* Ja, dieses neue Projekt würde alles für ihn verändern, und es war höchste Zeit dafür.

Mit deutlich besserer Laune fuhr er nach Hause, wo er sich direkt ins Bett fallen ließ und von Bauplänen, Ziegelsteinen und einem neuen Leben träumte.

KAPITEL SECHS

Sobald Maia ein „Aushilfe gesucht"-Schild in das Schaufenster der Buchhandlung gestellt hatte, kam ein junges asiatisch-amerikanisches Mädchen herein und lächelte schüchtern. Lark Sun war eine College-Studentin auf der Suche nach einem Job in den Sommerferien, um für ihr zweites Studienjahr zu sparen.

Was mit einem offiziellen Bewerbungsgespräch begann, wurde bald zu einer Unterhaltung über ihre Lieblingsbücher, und Maia wusste, dass sie die richtige Person gefunden hatte. Lark wollte so schnell wie möglich anfangen, also stimmten Maia und sie ihren Zeitplan aufeinander ab. Lark bedankte sich, aber als sie ging, rief Maia sie zurück. „Noch eine Sache ... magst du Hunde?"

„Ich liebe Hunde", sagte Lark und nickte. „Denkst du darüber nach, dir einen anzuschaffen?"

„Mir gefällt die Idee, einen Hund in der Buchhandlung zu haben. Es würde zu der entspannten Atmosphäre beitragen, die ich anstrebe. Und ich könnte abends Gesellschaft gebrauchen."

„Das ist eine wunderbare Idee."

Maia lächelte ihre neue Freundin an. „Gut. Dann sehen wir uns am Montagmorgen."

Sie schloss den Laden früh und fuhr mit ihrem Mietwagen zum nächstgelegenen Tierheim. Ihr Herz schmerzte für all die armen Hunde, die Liebe und ein gutes, freundliches Zuhause brauchten, und sie wünschte, sie könnte sie alle mitnehmen. Als sie den Spaniel sah, wusste sie, dass er der richtige Hund für sie war. Der King Charles Cavalier mit rotbraunweißem Fell sah sie mit großen braunen Augen an, und Maia war verloren.

Bald waren sie und der Hund wieder im Mietwagen. Der Spaniel namens Betty lag auf dem Beifahrersitz und hatte seinen Kopf auf Maias Oberschenkel platziert, als sie nach Hause fuhr. Maia brachte den Hund ins Haus und ließ ihn dort schnüffeln und alles erkunden.

Sie erhitzte eine Dosensuppe für ihr eigenes Abendessen und gab Betty ihr Hundefutter, das der Hund in Sekunden verschlang, was Maia zum Lachen brachte. „Hast du Hunger, Mädchen?"

Nach dem Abendessen saß Maia mit Betty auf dem Schoß auf der Veranda und streichelte die weichen Ohren des Hundes. Zum ersten Mal seit einer Ewigkeit fühlte sie sich zufrieden.

Es war Ende August, und das Wetter war immer noch warm und schwül. Maia saß den größten Teil des Abends draußen, las ihr Buch und war mit Betty beschäftigt. Der Hund wanderte ein wenig im Hof herum, hielt sich jedoch dicht an Maia, und die beiden hatten schnell eine Bindung zueinander.

Maia wollte nach dem Sonnenuntergang ins Haus gehen, wurde aber durch das laute Singen gestoppt, das aus einem Auto drang, das auf der gegenüberliegenden Straßenseite angehalten hatte. Zwei Teenager mit langen Beinen und breitem Lächeln stiegen aus und sangen schief einen Rocksong. Betty sah bei dem Lärm auf und Maia lächelte. Die gute Laune der Mädchen war ansteckend.

Sie bemerkten, dass sie dort saß und winkten. Sie winkte zurück und sie kamen rüber. „Hallo, du bist neu, hm?"

Maia lachte. „Verhältnismäßig. Maia Gahanna."

Das größere der beiden Mädchen grinste. „Ich bin Michonne und das ist meine nervige jüngere Schwester Jamelia. Wir wohnen dort …", sie zeigte auf das Haus gegenüber, „… mit unserer Mutter. Darf ich deinen Hund streicheln? Er ist umwerfend."

„Natürlich."

Jamelia lächelte Maia schüchtern an. Beide Mädchen waren mit ihrer ebenholzfarbenen Haut wunderschön. Michonne hatte die Haare zu einem Pferdeschwanz zusammengezogen und Jamelia trug einen Kurzhaarschnitt. Sie waren so groß, dass Maia sich wie ein Zwerg fühlte, aber beide waren aufgeschlossen und freundlich, so dass sie es leicht fand, mit ihnen zu plaudern.

Es war dunkel, bevor sie sich versahen, und Michonne und Jamelia standen auf, um zu gehen. „Komm bald vorbei und triff Mom. Sie würde dich bestimmt gern kennenlernen. Sie ist Unique."

„Das sind die meisten Mütter."

Jamelia grinste. „Nein, Unique ist ihr Name."

„Ah. Nun, ich freue mich darauf, sie kennenzulernen." Maia hob Betty hoch. „Gute Nacht, Mädchen. Danke für den netten Abend."

Sie verabschiedeten sich grinsend und winkend, und Maia war leicht ums Herz. Was für freundliche Mädchen.

Sie ging hinein. Betty folgte ihr die Treppe hinauf und sprang auf das Bett. Maia zuckte mit den Schultern. Der Hund rollte sich neben ihrem Kissen zusammen und als Maia vom Zähneputzen zurückkehrte, lachte sie über den schuldbewussten Ausdruck auf seinem Gesicht. Maia kroch neben Betty auf das Bett. „Du kannst hierbleiben, Kleine." Sie streichelte Bettys seidigen Kopf und küsste ihre Nasenspitze. Der Hund leckte ihr Gesicht und schmiegte sich dann in ihre Halsbeuge.

Maia lächelte immer noch, als sie einschlief.

Sowohl Lark als auch Betty waren große Erfolge und Maia fand es wunderbar, im Buchladen zu arbeiten und die Einheimischen kennenzulernen. Lark hatte ein enzyklopädisches Wissen über Bücher, insbesondere was die Abteilung für junge Erwachsene betraf, und sie und Maia konnten stundenlang darüber reden, was sie zurzeit lasen. Lark liebte Betty ebenfalls und der Hund verzauberte fast jeden, der in den Laden kam.

Als der Sommer zu Ende ging und die Nacht immer früher hereinbrach, schmückten Maia und Lark den Laden mit Halloween-Dekorationen, und Lark führte einen „Gruselgeschichten für Kinder"-Nachmittag ein.

An einem dieser Nachmittage traf Maia jemanden, der in ihr Sehnsucht nach ihrer Tochter weckte. Eine schöne junge Frau brachte ihre Tochter in den Laden, und Maia spürte, wie ihr Herz aufhörte zu schlagen. Die Mutter hatte eindeutig indisches Blut in sich und das kleine Mädchen neben ihr – ungefähr zehn Jahre alt, vermutete Maia – sah so aus wie eine ältere Luka. Maia spürte, wie sich ihre Brust zusammenzog.

Die Frau lächelte sie an und bemerkte Maias Kummer offenbar nicht. „Hallo. Wir sind nicht zu spät dran, oder?"

Maia schluckte. „Natürlich nicht. Lark bereitet gerade alles vor. Hallo", sagte sie und lächelte das junge Mädchen an. „Möchtest du einen Cupcake? Die mit den kleinen Geistern sind mit Schokolade, und die anderen mit Kürbisaroma."

Das Mädchen nickte schüchtern. „Danke."

Ihre Mutter lächelte. „Das ist Nella." Sie zerzauste die dunklen Haare ihrer Tochter und streckte Maia die Hand hin. „Emory Harper."

„Maia Gahanna. Es freut mich, euch beide kennenzulernen. Es tut mir leid, ich kann mich nicht erinnern, ob ich euch schon einmal hier gesehen habe."

„Wir sind zum ersten Mal hier, aber wir wollten schon eine Weile herkommen. Wir sind neu auf der Insel. Stammst du aus Seattle?"

Maia schüttelte den Kopf. „Aus New York. Ich bin erst seit ein paar Monaten hier, na ja, zwei Monate, um genau zu sein, aber ich muss sagen, ich liebe es."

Emory strahlte sie an. „Es ist wunderbar, nicht wahr? Die Berge, das Meer ... ein großartiger Ort, um ein Kind großzuziehen. Nella liebt es hier."

Maia spürte ein weiteres Ziehen an ihrem Herzen. „Ist sie dein einziges Kind?"

„Ja, bis jetzt, aber wir denken darüber nach, noch eins zu adoptieren."

Maia war überrascht. „Nella ist adoptiert? Sie sieht dir so ähnlich."

Emory grinste. „Ich weiß. Wir haben uns bewusst für ein Kind mit verschiedenethnischem Hintergrund entschieden, obwohl wir keine Ahnung hatten, dass Nella mir so ähnlich sehen würde, bis wir sie kennenlernten. Hast du eine Familie?"

Maia schüttelte den Kopf, sagte aber nichts, und Emory fragte nicht nach. Sie unterhielten sich weiter und fanden Gemeinsamkeiten, so dass Maia dachte, dass es schön wäre, Emory zur Freundin zu haben. Als würde sie ihre Gedanken lesen, lächelte Emory sie an. „Möchtest du irgendwann einen Kaffee trinken gehen? Ich habe das Gefühl, dass du und ich gute Freundinnen sein könnten."

„Das wäre großartig", sagte Maia aufrichtig. „Nur zu gerne. Hier ist meine Handynummer." Sie reichte Emory eine Visitenkarte. „Lass es uns bald tun."

„Okay."

EIN PAAR TAGE später rief Emory sie an und sie verabredeten sich in einem Café auf der anderen Seite der Insel. Emory erklärte, dass sie es eines Tages zufällig auf einem Spaziergang von ihrem gemieteten Haus gefunden hatte. „Wir bauen ein eigenes Haus an der Küste, aber es wird noch Monate dauern. Es wird unser Traumhaus, sagt Dante – das ist mein Mann. Ich denke, jedes Zuhause mit ihm und Nella ist ein Traum."

„Arbeitest du?"

„Ich unterrichte an der Universität in Seattle. Ich habe Englisch in Auburn unterrichtet, aber jetzt bin ich in Teilzeit. Hattest du eine Buchhandlung in New York?"

Maia erzählte ihr von ihrer Verlagslaufbahn und Emory war beeindruckt. „Und du wolltest hier nicht wieder im Verlagswesen arbeiten?"

„Ich wollte einen entspannteren Lebensstil." Maia hatte diese Antwort geübt, und Emory schien sie ihr abzukaufen.

„Kann ich dich etwas fragen?"

„Natürlich."

„Hast du einen Partner? Ich bin neugierig, ich weiß, aber du bist eine so reizende Person. Es wirkt seltsam, dass du allein bist."

Maia zögerte einen Moment. „Ich war verheiratet. Er ist gestorben."

Emorys Gesicht wurde rot. „Oh, es tut mir leid, ich wollte nicht aufdringlich sein."

Maia hielt die Hände hoch. „Es ist in Ordnung. Es ist

kompliziert, wirklich ... Er hat meine Tochter mitgenommen und ist am Heiligen Abend vor fünf Jahren verschwunden. Sein Auto wurde mit einer Nachricht neben einer Brücke gefunden."

Emory erbleichte. „Oh, Maia ..."

„Ja. Nun, er ist tot ..." Sie lachte humorlos. „Tut mir leid, du wolltest das sicher nicht hören."

Emory legte ihre Hand auf Maias Hand. „Wenn du darüber sprechen willst, bin ich für dich da. Es muss seltsam sein, an einen neuen Ort zu ziehen und ganz von vorn zu beginnen. Ich bewundere das."

MAIA VERABSCHIEDETE sich von Emory und fuhr zurück zu ihrem Haus. Es hatte sich gut angefühlt, mit jemandem über Luka zu reden. Das hatte sie seit Jahren nicht mehr mit ihren Freunden getan, weil der Schmerz zu frisch war. Aber so zu tun, als hätte Luka nie existiert, war keine Option, und Maia wusste, dass sie hier die Möglichkeit hatte, den Schmerz zu lindern, ihn zu verarbeiten und von vorn zu beginnen.

Betty begrüßte sie aufgeregt, als sie die Tür öffnete, und Maia verbrachte ein paar Minuten damit, sich um ihren geliebten Hund zu kümmern, bevor sie ihre Schlüssel auf den Tisch fallen ließ und in die Küche ging. Sobald sie Betty gefüttert hatte, hörte sie jemanden klopfen.

Jamelia Benjamin grinste sie an. „Hallo nochmal, Mom wollte wissen, ob du bei uns mitessen möchtest. Sie hat genug für eine kleine Armee gekocht. Bring Betty ruhig mit."

Maia war müde, aber sie konnte zu Jamelias hoffnungsvollem Gesicht nicht Nein sagen, also dankte sie ihr. „Soll ich auch etwas zu essen mitbringen?"

„Im Ernst, wir haben genug für eine Woche. Mom hat ein paar neue Rezepte ausprobiert."

Auf dem Weg zum Haus der Benjamins erklärte Jamelia, dass Unique Benjamin als professioneller privater Caterer arbeitete. „Es wird also alles gut schmecken, und es gibt eine große Auswahl."

Jamelia stellte Maia ihrer Mutter vor, einer eindrucksvollen afroamerikanischen Frau Anfang vierzig, die Maia begutachtete und wohlwollend nickte. „Die Mädchen haben dich nicht gestört, oder?"

„Überhaupt nicht, ich liebe ihre Gesellschaft. Wow, das riecht gut."

Unique lächelte. „Nun, ich bin sicher, Jam hat dir gesagt, was ich beruflich mache. Komm und setz dich zu uns."

Bei dem leckeren Abendessen fragten Unique und ihre Töchter Maia über ihr Leben aus. Jamelia entschuldigte sich bald vom Tisch, um mit der unruhigen Betty zu spielen, die aufgeregt wurde, als Jamelia sie mit Hühnchenstreifen von ihrem Teller fütterte. Maia grinste und verdrehte die Augen. „Jetzt wird sie nie wieder normales Hundefutter essen."

Unique musterte sie. „Du besitzt also eine Buchhandlung?"

„Ja. *Luka's Books*, unten am Hafen. Als ich erfahren habe, dass du Caterer bist, hatte ich eine Idee. Ich möchte in meinem Laden Backwaren und Kaffee anbieten – wärst du interessiert?"

Unique lächelte. „Das ist sehr nett von dir, aber ich bin keine gute Bäckerin, obwohl ich jemanden auf der Insel kenne, der hervorragend backt. Ich verspreche dir, dass du mit ihr zufrieden sein wirst."

„Danke, das hört sich gut an."

Maia stellte fest, dass Unique trotz ihrer Freundlichkeit vorsichtig war. Sie war nicht so aufgeschlossen wie ihre Töchter, aber als Maia sich verabschieden und bei ihrer Gastgeberin bedanken wollte, schickte Unique ihre Töchter ins Haus und ging mit Maia über die Straße. „Maia, wenn du dich jemals allein oder ängstlich in diesem großen Haus fühlst ... Bei uns ist immer Platz für dich."

Maia war überrascht, und Unique lachte über ihren Gesichtsausdruck. „Ich weiß. Ich sehe härter aus, als ich eigentlich bin. Als alleinerziehende Mutter musste ich so werden. Ich finde nicht leicht Freunde, aber ich denke, dass du die Ausnahme sein könntest. Pass auf dich auf, Maia."

EMORY GLITT neben Dante ins Bett, und er schlang einen Arm um ihre Schultern und legte das Buch weg, das er las. „Hey, Süße."

Sie küsste ihn und ließ ihre Hand bis zu seiner Leistengegend gleiten. Er spürte, wie sein Schwanz reagierte, als sie ihn streichelte. „Guten Abend, Sir."

Dante lachte und rollte sie auf den Rücken. Emory umschloss sein Gesicht mit ihren Händen. Sie waren seit zehn Jahren verheiratet, aber sie verliebte sich jeden Tag mehr in ihn. Sie teilten den gleichen albernen, selbstironischen Humor, und die Liebe zu ihrer Tochter hatte sie einander noch näher gebracht.

Dantes Mund schloss sich um ihre Brustwarze, als sie sein Haar streichelte, und er rutschte hinunter, bis sein Gesicht in ihrem Geschlecht vergraben war. Emory erschauerte, als seine Zunge um ihre Klitoris peitschte, bis sie seinen Namen stöhnte. Dante ließ sie kommen, bewegte sich dann nach oben und stieß in sie hinein. Zuerst liebten sie sich langsam, dann, als sich ihre Erregung verstärkte, klammerten sie sich aneinander und fickten hart.

Danach nahm Dante seine Frau in die Arme und drückte seine Lippen auf ihre Stirn. „Ich werde nie aufhören, das mit dir tun zu wollen", sagte er, und Emory kicherte und kuschelte sich näher an ihn.

„Ich auch nicht, großer Kerl." Sie streichelte seinen Rücken. „Ich habe heute mit Maia, der Besitzerin des Buchladens, Kaffee getrunken. Sie ist wirklich großartig und sehr nett."

„Gut zu wissen."

Emory kaute auf ihrer Unterlippe herum. „Ich dachte ..."

„Oh oh."

„Haha, lustig. Ich dachte, wir sollten ein paar Freunde einladen. Clem und Maximo, Zea und Flynt. Maia." Sie machte eine Pause. „Und Atom."

„Ah." Dantes Augen funkelten, als er sie angrinste. „Jemand will sich als Kupplerin versuchen."

„*Nein* ..." Sie dehnte das Wort zu lang aus und kicherte dann. „Du hast mich erwischt. Ich denke nur ... na ja, es kann nicht schaden."

„Hmm. Versprich mir einfach, dass du es nicht zu offensichtlich machst. Ich will nicht, dass Atom das Gefühl hat, wir würden ihn bedrängen. Maia auch nicht."

Emory nickte. „Versprochen. Weißt du, was komisch ist? Sie und ich könnten miteinander verwandt sein. Ich meine, sie hat auch indisches Blut, aber darüber hinaus sehen wir uns tatsächlich ähnlich." Sie erinnerte sich daran, was Maia ihr erzählt hatte. „Ich glaube, sie hat eine ziemlich tragische Vergangenheit."

„Noch etwas, das ihr gemeinsam habt."

Emory lächelte. „Ich habe mein Happy End gefunden."

„Und jetzt willst du dieser Fremden ihres geben?"

„So etwas in der Art." Emory lachte und küsste ihn. „Und ich habe das Gefühl, dass sie nicht lange eine Fremde sein wird. Ich mag sie wirklich, Dante."

Dante lächelte sie an. „Das freut mich, Schatz. Hör zu ... Lade sie und die anderen zum Abendessen ein. Unser Zuhause steht allen offen, das weißt du. Aber versuche nicht, etwas zu erzwingen."

„Ich schwöre. Jetzt stecke deinen großen, harten Schwanz wieder in mich, Mr. Harper."

Dante grinste, rollte sie auf den Rücken und drückte ihre Beine mit seinem Knie auseinander. „Dein Wunsch ist mir Befehl, Ma'am."

ATOM WAR in den Club zurückgekehrt, aber sein einziges Ziel bestand darin, zu sehen, ob sie wieder da war – ob sie den Mut dazu gefunden hatte. Er konnte nicht aufhören, an sie zu denken, und sein Herz schlug vor Enttäuschung langsamer, als er sah, dass sie nicht zurückgekehrt war. Er hatte den Barkeeper gefragt, ob er sie gesehen habe, aber der Mann hatte nur den Kopf geschüttelt. „Nein. Sie war nie wieder hier. Schade, sie hatte einen fantastischen Körper."

Atom trank etwas, ging dann aber zur Enttäuschung der Frau, die ihn umkreiste, nach Hause. Atom bemerkte sie kaum. Er hatte jetzt zweimal in seinem Leben eine unmittelbare Verbindung zu einer Frau gespürt, und auch die zweite entwischen lassen.

Atom glaubte nicht an Liebe auf den ersten Blick, aber die rohe, unbenennbare Verbindung, die er zu beiden Frauen gespürt hatte ... es musste etwas damit auf sich haben und mehr bedeuten ... oder?

„Verdammt", sagte er zu sich, als er zu seiner stillen Wohnung zurückfuhr. Er hatte sich entschlossen, auf die Insel zu ziehen, während er den Bau von Dantes Haus beaufsichtigte, und der größte Teil seiner Sachen war bereits gepackt. Er sah sich in den kahlen Räumen seines Apartments um, die sein Herz widerspiegelten.

Fast leer.

Nein, das war nicht sein Leben. Das nächste Mal, wenn er diese Verbindung fand – und Gott, wie er hoffte, dass er eine dritte Chance bekommen würde –, würde er darauf reagieren. Er würde alles tun, was nötig war.

Er würde *die Richtige* finden.

KAPITEL SIEBEN

Maia legte Betty in das Auto und stellte das Dessert, das sie besorgt hatte, sorgfältig auf den Rücksitz. Sie betete, dass sie auf dem Weg zu Emorys Haus keine unnötigen Zwischenstopps machen musste. Es war die Woche vor Halloween und sie genoss all die dekorierten Häuser und Verandas, als sie über die Insel fuhr. Mehr und mehr wurde dieser Ort zu einem Zuhause. In Manhattan, in Zachs Welt, hatte sie Sakata und Julia gehabt, aber die meisten von Zachs Freunden hatten sie immer abgelehnt. Hier waren ihre neuen Freunde so verschieden und doch hatten sie eines gemeinsam: Sie war ihnen wichtig.

Und Maia liebte sie. Lark, ihre Angestellte und Freundin – trotz des Altersunterschieds waren sie wie zwei alberne Schulmädchen, wenn sie zusammen kicherten. Michonne und Jamelia gaben ihr ebenfalls das Gefühl, jung zu sein. Sie brachten ihr immer wieder Geschenke mit, zum Beispiel ein neues Top, das sie bei einer ihrer vielen Shopping-Touren gefunden hatten, und sahen sich mit ihr K-Pop-Musikvideos auf YouTube an, um dann von den hübschen Jungs in den Bands zu schwärmen.

Unique war vielleicht keine Mutterfigur, aber sicherlich eine vertraute Tante geworden. Die ältere Frau war jemand, auf den Maia sich verlassen konnte, wenn sie einen Rat brauchte. Maia saß oft bei Unique in der Küche und war ihr Geschmackstester für die neuen Rezepte, die sie ausprobierte.

Aber es war Emory, der sich Maia am nächsten fühlte. Die beiden Frauen fanden Gemeinsamkeiten in ihrer Vergangenheit, sogar bis zu dem Punkt, an dem Emory ihr sagte, dass sie beide eine „Luka" verloren hatten. In Emorys Fall handelte es sich um einen ehemaligen Liebhaber, Luca Saffran, der von Emorys psychotischem Ex-Mann ermordet worden war, bevor er auch Emory beinahe getötet hätte.

Maia war erleichtert, dass sie offen über ihre Tochter sprechen konnte – und über ihre Wut auf ihren Ex-Mann. „Es gab keine Anzeichen", sagte sie eines Nachmittags zu Emory, als diese in die Buchhandlung gekommen war. „Er hatte Depressionen, aber warum musste er Luka töten? Warum hat er mir das angetan?"

Emory war mitfühlend gewesen. „Manchmal haben wir keine Ahnung, mit wem wir verheiratet sind. Ich vermute, in dieser Hinsicht hatte ich Glück. Als Ray sich in einen mörderischen Bastard verwandelte, hatte ich die Anhaltspunkte oder vielmehr die Prellungen, um es zu ahnen."

Emory hatte Maia erzählt, dass sie sich am Ende selbst um Ray kümmern musste, bevor er andere töten konnte, und Maia kannte dieses Gefühl. „Wenn Zach noch hier wäre … Ich hätte nie gedacht, dass ich jemanden töten könnte, aber jetzt …"

Emory hatte sie umarmt. „Ich weiß."

Maia lächelte vor sich hin, als sie sich an diese Umarmung erinnerte. Emory war etwas, das sie nie gehabt hatte – eine Schwester.

Sie fuhr zu dem Haus, das Emory und Dante gemietet hatten, und bemerkte die teuren Autos in der Einfahrt. Sie fragte sich, wen sie heute treffen würde und ob die Harper-Clique so exklusiv war wie Zachs Freundeskreis. Irgendwie glaubte sie das nicht.

Maia atmete ein paar Mal tief durch, um ihre Nervosität zu lindern, bevor sie klingelte. Sie erwartete, dass eine Haushälterin die Tür öffnete, und grinste erleichtert, als Emory sie mit einem breiten Lächeln begrüßte. „Maia! Komm rein, alle sind schon da." Emory sah Angst in Maias Augen aufblitzen und lächelte. „Keine Sorge, sie sind alle harmlos. Es sind nur wir acht."

Sie hakte sich bei Maia unter und nahm ihr den Teller mit dem Dessert ab. „Peach Cobbler? Das ist mein Favorit. Die anderen haben Glück, wenn sie überhaupt einen Bissen davon abbekommen."

Sie gingen zuerst in die Küche und Maia fiel beinahe um, als sie die riesigen Fenster zum Garten sah. Emory grinste. „Ich weiß. Das Haus, das wir jetzt bauen, wird eine noch größere Küche haben, die jedoch nach diesem Vorbild gestaltet ist. Das war der Grund, warum wir vorerst dieses Haus genommen haben. Komm und lerne die anderen kennen."

Atom sprach mit Maximo Neri, als Emory mit dem Neuankömmling zurückkehrte, und starrte die beiden mit offenem Mund an. Die Frau von vor fünf Jahren. Die Frau vom Balkon. Was zum Teufel machte sie in Seattle?

Und Himmel, sie war genauso schön wie damals. Emory stellte sie Clementine vor, der Frau von Maximo. Sein Herz fühlte sich an, als würde es aus seiner Brust springen, und er nahm hastig einen Schluck Champagner und hustete. Sein Gesicht brannte, als alle sich umdrehten, um ihn anzusehen. „Entschuldigung", murmelte er und wischte sich das Kinn mit seinem Taschentuch ab, als sich Emory und die Schönheit näherten.

„Und hier ist unser hauseigener Unterhalter", sagte Emory mit einem Grinsen. „Atom. Atom Harcourt, das ist Maia Gahanna."

Maia streckte die Hand aus und Atom konnte in ihren Augen kein Wiedererkennen sehen. Er nahm ihre Hand, und bei der Berührung wogten Wellen des Vergnügens durch ihn. „Es freut mich, dich kennenzulernen. Eigentlich haben wir uns schon kennengelernt."

Etwas flackerte in ihren Augen auf, aber sie lächelte schüchtern. „Ach ja?"

Ah. Diese samtige Stimme, daran erinnerte er sich ... *und seltsamerweise habe ich sie erst kürzlich wieder gehört.* „Auf der Party von Henry und Sakata vor fünf Jahren. Auf dem Balkon. Du warst mit deinem Mann dort."

Maia Gahanna starrte ihn an, als hätte sie einen Geist gesehen. Emory spürte die seltsame Anspannung und brach sie, indem sie alle zum Essen rief.

Er dachte, dass Emory ihn neben Maia Gahanna setzen würde, aber dann sah er Dante und seine Frau einen Blick wechseln, und Emory änderte ihre Meinung, setzte sich selbst neben Atom und platzierte Maia neben Dante.

Atom fiel es schwer, sich auf das Essen zu konzentrieren, so gut es auch war. Sein Blick war ständig auf die schöne Frau am Tisch gerichtet. Er bemerkte, dass sie bei jedem Blickkontakt rot wurde und wegschaute, und sein Körper reagierte auf das Erröten ihres schönen Gesichts.

Emory stieß ihn an. „Also", sagte sie und versuchte, ein Grinsen zu verbergen. „Du und Maia habt euch schon einmal getroffen?"

„Kurz. Sie war mit ihrem Mann dort." Atom riss seine Augen einen Moment von Maia los. „Ist er nicht mehr da?" Er hasste es, dass der Gedanke ihn mit einem seltsamen Glücksgefühl erfüllte.

Emory beugte sich vor und senkte die Stimme. „Er ist gestorben. Es ist ... kompliziert, aber es ist nicht meine Geschichte. Sagen wir einfach, Maia hat viel durchgemacht." Sie musterte ihn. „Du magst sie."

Er nickte. „Wir hatten einen besonderen Moment. Es bleibt abzuwarten, ob daraus mehr werden kann, aber ich danke dir dafür, dass du mich heute Abend eingeladen hast."

Emory drückte seinen Arm. „Sei sanft zu ihr. Ich weiß, dass du es sein wirst."

ATOM HATTE KEINE GELEGENHEIT, sich während des Abendessens oder danach, als sie im Wohnzimmer Brandy tranken, mit Maia zu unterhalten, aber als Clem und Maximo gingen, sah er, wie Maia in den hinteren Teil des Hauses schlüpfte. Er wartete einen Herzschlag, dann folgte er ihr in den Garten des Anwesens.

„Es ist kein richtiger Balkon, aber hier sind wir wieder." Er sagte es leise und sie drehte sich zu ihm um. Einen Moment starrte sie ihn an, dann kroch ein Lächeln über ihr Gesicht.

„Wir haben uns schon einmal wiedergetroffen, Mr. Harcourt."

Das ließ ihn innehalten, aber plötzlich wusste er, dass sie recht hatte. „Wo?"

Maia lächelte und sein ganzer Körper reagierte. Er betete, dass seine Erektion nicht zu offensichtlich war. „Irgendwo außerhalb meines Wohlfühlbereiches."

Es dauerte eine Sekunde, bis er begriff. „Im Club? Das warst du?"

Sie lachte. „Ja. Und du warst der perfekte Gentleman. Keine Sorge, ich werde deinen Freunden nichts verraten."

Atom trat näher zu ihr und war zufrieden, als sie nicht zurückwich. „Ich denke seit jener Nacht an dich. Ich bin sogar zurückgegangen, um zu sehen, ob du wieder dort warst."

„Das war ich nicht. Ich bin wohl ein Feigling oder ... ich weiß es nicht. Vielleicht ist es einfach nichts für mich."

„Die Sache mit deinem Mann tut mir leid."

Ihr Lächeln verblasste. „Das muss es nicht."

Okay, das war komisch. „Kann ich dich wiedersehen?"

Maia sah ihn an. Die violetten Kontaktlinsen waren verschwunden und ihre dunklen schokoladenbraunen Augen waren warm und weich. „Hast du einen Stift?"

Er griff in seine Jacke, zog einen Stift heraus und reichte ihn ihr. Sie ergriff seine Hand und schrieb eine Adresse auf seine Handfläche. Dann gab sie ihm den Stift zurück. „Ich gehe jetzt nach Hause. Ich warte bis ein Uhr morgens. Wenn du bis dahin nicht auftauchst, mache ich dir keine Vorwürfe."

Atoms Augenbrauen schossen in die Höhe, aber er sah, dass ihre Wangen gerötet waren. Sie versuchte, mutig zu sein. „Raus aus deinem Wohlfühlbereich?"

„Das bleibt abzuwarten." Und dann küsste sie ihn kurz und sanft wie im Club in jener Nacht, drehte sich um und ging ins Haus zurück. Atom hörte, wie sie sich von Emory und Dante verabschiedete und kurz darauf ihr Auto startete.

Würde er es tun?

Er lachte laut. Auf jeden Fall. Selbst wenn nichts zwischen ihnen passierte – kein wahrscheinliches Szenario – aber verdammt, er würde ihre Einladung annehmen.

Er küsste Emorys Wange und umarmte Dante. „Danke für den großartigen Abend." Er konnte sehen, dass Emory ihn nach Maia fragen wollte, aber er grinste sie nur an und verabschiedete sich.

Atom stieg in sein Auto und holte tief Luft. Das war's, das

war der Moment. *Mach es nicht kaputt.* Er lächelte und startete den Motor.

MAIA VERSUCHTE, nicht in Panik zu geraten, als sie den Wagen parkte und in ihr Haus ging. Sie begrüßte Betty schnell, rannte nach oben, bezog das Bett neu und ging unter die Dusche. Dann trocknete sie sich ab und warf einen Blick auf die Uhr. Würde er ihre Einladung annehmen und zu ihr kommen?

Oh Gott, sie hoffte es. Es war ein Risiko und eine spontane Herausforderung gewesen, aber während des gesamten Essens hatte sie Atom angesehen und gewusst, dass sie ihn wollte. Seine dunklen Haare, die in wilden Locken seinen Kopf umgaben, seine leuchtend grünen Augen und der glühende Blick in ihnen … Sie hatte den Ausdruck „Sex auf Beinen" schon einmal gehört, hatte aber noch nie jemanden gesehen, zu dem er besser passte als Atom Harcourt. Allein seine Anwesenheit ließ Erregung durch ihren Körper dringen bei der Erinnerung daran, wie sie ihn vor langer Zeit zum ersten Mal getroffen hatte.

Und die Tatsache, dass er der Kerl aus dem Club war … Sie hatte seine tiefe, sexy Stimme erkannt, sobald Emory sie einander vorgestellt hatte und sie seinen sinnlichen Mund und das Grübchen in seinem Kinn sah. In diesem Moment hatte sie gewusst, dass es Schicksal war.

Also hatte sie eine Entscheidung getroffen. Sie wollte ihn und konnte an seinem Blick sehen, dass er sie auch wollte.

Maia hoffte nur, dass ihr Mut sie nicht verlassen würde. Sie schlüpfte in einen seidenen Morgenmantel und kämmte sich die Haare. Als sie hörte, wie draußen ein Auto vorfuhr, stieg ihr Adrenalinspiegel. „Sei kein Feigling", flüsterte sie ihrem Spiegelbild zu und legte ihre Bürste weg.

Sie ging die Treppe hinunter und öffnete die Tür. Atom lächelte sie an. „Hallo."

Plötzlich war ihre Nervosität weg und sie sank in seine Arme, bevor ihre Lippen seine suchten. Atom beugte seinen Kopf, um sie zu küssen, und seine Finger glitten in ihr Haar und zogen sie an sich. Bei dem Kuss wurde Maia schwindelig und als sie sich schließlich voneinander lösten, nahm sie Atoms Hand und führte ihn ins Haus.

KAPITEL ACHT

Small Talk war kein Thema. Sie gingen in ihr Schlafzimmer und Atom zog sie an sich. „Ich werde das nur einmal fragen, meine süße Maia. Bist du sicher?"

Maias Blick war fest auf ihn gerichtet. „Mehr als sicher."

Atom strich über ihre Wange und schien jedes Detail in ihrem Gesicht wahrzunehmen. Seine wunderschönen grünen Augen waren intensiv und voller Verlangen. Langsam hakte er einen Finger in den Gürtel ihres Morgenmantels, zog ihn auf und ließ den seidigen Stoff auseinanderfallen. Maia war begeistert darüber, dass er den Atem anhielt, als er ihren nackten Körper sah.

Atom fiel auf die Knie, vergrub sein Gesicht an ihrem Bauch und küsste die sanfte Wölbung. Maia streichelte seine dunklen Locken mit ihren Fingern und schnappte nach Luft, als er ihre Beine auseinanderschob und sein Mund ihre Klitoris fand.

Bei der Berührung seiner Zunge wurde sie vor Freude ganz benommen, und als er sie sanft auf das Bett schob und sie weiter leckte und streichelte, spürte Maia, wie schnell sie ihrem Orgasmus näherkam.

Sie zitterte, als Atom sein Hemd auszog und sich auf sie legte. „Hallo, meine Schöne."

Maia fühlte sich atemlos und ihre Haut war bereits schweißbedeckt. Sie umfasste sein Gesicht mit ihren Händen. „Atom ..."

Er küsste sie erneut hungrig und Maia griff nach unten, um seinen harten Schwanz aus seiner Hose zu befreien. Himmel, er war riesig, aber Maia wurde beim Gedanken daran nass. Sie bewegte sich das Bett hinunter, um seinen Schwanz in den Mund zu nehmen, zog ihre Zunge über den langen, dicken Schaft und genoss den salzigen Geschmack.

Bevor er jedoch kommen konnte, hob er sie hoch, damit er ihren Mund küssen konnte. Atom zog ein Kondom aus seiner Jeans und reichte es ihr, und sie half ihm, es über seinen Schwanz zu rollen. Dann legte er ihre Beine um seine Taille.

Einen Moment hielt er inne und schaute ihr tief in die Augen, dann stieß er in sie. Maia schnappte nach Luft, als sie seinen harten, großen Schwanz in ihrem Inneren fühlte, und stieß einen Schrei reiner Ekstase aus, als sie sich zusammen zu bewegen begannen. Es fühlte sich so vertraut an. Maia wusste, dass sie die absolut richtige Entscheidung getroffen hatte.

Atom liebte sie, streichelte ihren Körper, murmelte ihren Namen immer wieder und strich mit seinen Lippen über ihre Haut. Maias Fingerspitzen streichelten seinen Rücken und fühlten die harte Muskulatur unter der glatten olivfarbenen Haut. Sie konnte nicht genug von seinem schönen Gesicht bekommen. Und seine Augen, verdammt, diese grünen Augen, die von dichten schwarzen Wimpern umrahmt waren ... sie verlor sich darin.

Maia stöhnte, als ihr Orgasmus in greifbare Nähe rückte. Ihr ganzer Körper brannte und jede Zelle reagierte auf diesen schönen Mann, der sie in Besitz nahm. Ihr Rücken wölbte sich und ihr Bauch drückte sich gegen seinen, als sie kam, den Kopf zurückwarf und die Augen schloss. Sie spürte, wie er sich anspannte und ebenfalls seinen Höhepunkt erreichte.

Atemlos sahen sie einander an, während sie sich erholten und lachten. „Wenn es dir nichts ausmacht, dass ich das sage", Atom schnappte nach Luft. „Ich habe schon lange darauf gewartet."

Maia errötete vor Vergnügen und grinste. „Es macht mir nichts aus." Sie legte ihre Hand auf seine Brust und konnte kaum glauben, dass er hier in ihrem Bett war. „Ich erinnere mich an die Weihnachtsparty, als ich dich auf dem Balkon getroffen habe. Du warst der schönste Mann, den ich je gesehen habe, und trotzdem schienst du ... verloren zu sein. Ich habe in jener Nacht von dir geträumt."

„Ach ja?"

Maia nickte. „Ich fühlte mich schuldig, weil ich damals verheiratet war und meinen Mann liebte." Sie schluckte und wich seinem Blick aus „Aber ich habe eine Verbindung gespürt. Ich dachte, es sei einer der Momente wie es sie nur in Filmen gibt." Sie sah ihn an. „Ich weiß jetzt, dass ich mich geirrt habe."

Atom küsste sie und strich mit seinem Handrücken über ihre Wange. „Ich würde dich gern besser kennenlernen, Maia. Ich möchte die Chance haben, dich zu ... Mein Gott, sagt man heute noch *umwerben*?"

Maia grinste. „Ich bin nicht sicher, Grandpa."

„Autsch." Atom lachte. „Aber ich meine es ernst. Ich weiß, dass", er bewegte seine Hand über ihren Körper, „wir uns nicht zurückgehalten haben, aber ich möchte dich richtig kennenlernen, Maia Gahanna. Du hast mich schon zweimal – beziehungsweise dreimal – verzaubert, und ich will mehr. Erschreckt dich das?"

Maia musterte ihn und dachte nach. „Kann ich dich etwas fragen, bevor ich antworte?"

„Sicher."

„Gehst du immer noch in den Sexclub? Und warum musst ausgerechnet du anonymen Sex haben? Du könntest jede Frau ins Bett bekommen."

Atom nickte und lehnte sich zurück. „Die Wahrheit ist ... ich wollte niemanden finden. Ich wollte keine Beziehung haben." Er schwieg einen Moment. „Meine Familie ... mein Vater ist kürzlich gestorben. Er und ich hatten nicht die beste Beziehung."

„Seid ihr miteinander ausgekommen?"

„Nein. Ich war nie gut genug für ihn. Meine Mutter war nie gut genug für ihn. Ihre Ehe war ein Kampf. Viele Kämpfe."

Maia verschränkte ihre Finger mit seinen. „Kein gutes Vorbild für die Kinder." Sie hatte das Gefühl, dass mehr hinter der Geschichte steckte, wollte ihn aber nicht drängen. Atom lächelte sie an und sie bemerkte, wie müde er aussah. Sie schlang ihren Arm um seine Taille und legte ihren Kopf auf seine Brust. „Es tut mir leid, dass du das miterleben musstest."

Atom strich über ihr Haar. „Und mir tut es leid, was mit deinem Mann passiert ist."

„Ich wusste am Ende nicht mehr, wer er war. Er hat meine Tochter mit in den Tod genommen ... das werde ich ihm niemals vergeben."

„Erzähl mir von ihr."

Maia lächelte ihn an. „Willst du das wirklich wissen?"

„Ja."

Also erzählte sie ihm von Luka und stellte fest, dass der Schmerz etwas weniger wurde, wenn sie mit Atom über ihre geliebte Kleine sprach, so dass sie stattdessen mit Liebe auf ihre Tochter blicken konnte. Atom hielt sie fest, während sie redeten.

Die Nacht wich der Morgendämmerung und der Samstag brachte Regen. Maia hörte, wie die Wassertropfen gegen das

Fenster schlugen. Sie hatten bis in die frühen Morgenstunden geredet, und sie hatte ihn gebeten zu bleiben. Er hatte nicht gezögert. Jetzt lag sie in seinen Armen und seine Lippen waren auf ihren Nacken gepresst. Maia spürte etwas, das sie seit Jahren nicht mehr empfunden hatte. Zufriedenheit.

Sie wusste, dass es nicht lange andauern würde und diese Nacht ein Märchen war, aber im Moment genoss sie einfach das Gefühl seines großen Körpers neben ihrem. Sie drehte sich in seinen Armen, und er öffnete die Augen und lächelte. „Guten Morgen."

„Guten Morgen."

„Du bist so schön." Atom drückte seine Lippen an ihre und lächelte reumütig. „Tut mir leid, wenn mein Atem nicht der beste ist."

„Ha, das geht mir genauso. Ich habe eine Ersatzzahnbürste."

Er folgte ihr in das kleine Badezimmer, und sie putzten sich die Zähne und standen dabei nebeneinander am Waschbecken. Maia zog ihn in die Dusche und sie seiften sich gegenseitig ein, lachten und scherzten.

Auf dem Badezimmerboden liebten sie sich wieder, bevor sie sich anzogen und Maia anbot, ihm Frühstück zu machen. „Nur einen Kaffee, bitte", sagte Atom und strich mit einer Hand über ihren Rücken.

Maia lächelte. „Gut, ich esse morgens auch nicht viel."

Draußen boten die Herbstblätter ein herrliches Farbenspiel, und sie setzten sich auf die Schaukel und ignorierten die beißende Kälte in der Luft. Atom legte seinen Arm um ihre Schultern und drückte seine Lippen gegen ihre Schläfe. „Das ist eine ruhige Straße."

„Ja. Lebst du in der Stadt?"

„Meistens, obwohl ich hier ein Haus gemietet habe, während ich am Bauprojekt der Harpers arbeite."

Maia nickte. „Emory war so nett zu mir."

„Sie ist ein Schatz. Dante ist ein glücklicher Mann. Um die Wahrheit zu sagen, bin ich ihnen etwas schuldig. Dieses Projekt, ihr neues Zuhause, hat mir etwas von meiner alten Leidenschaft für den Entwurf und Bau von Häusern zurückgegeben. Mein Unternehmen ist so schnell gewachsen, dass ich kaum noch Zeit hatte für das, was ich liebe – Architekt sein."

Maia lächelte ihn an. „Also gehst du jetzt zurück zu den Grundlagen?"

„Ich konzentriere mich auf die Dinge, die mir wichtig sind. Zum Beispiel versuche ich, eine tiefere Beziehung zu meiner verbliebenen entfernten Familie, zu meinen Freunden ... und hoffentlich zu dir zu haben."

Maia lehnte ihre Stirn an seine. „Kling gut." Sie seufzte und sah auf die Uhr. „Und ich hasse es, das zu sagen, aber ich muss die Buchhandlung öffnen."

„Kann ich dich hinfahren?"

„Schon okay, ich habe ein Auto ... aber wenn du später Zeit hast, würde ich gerne das Abendessen für dich kochen."

Atom küsste sie. „Einverstanden, meine Schöne. Ich bringe den Wein mit."

Lark blinzelte ihre Chefin an, als sie die Buchhandlung öffnete. „Du siehst anders aus."

„Wirklich?" Maia tat völlig unschuldig, aber als eine halbe Stunde später ihr Handy bei einer Nachricht von Atom piepste, konnte sie ihr Lächeln nicht verbergen. Lark zeigte mit offenem Mund auf sie.

„Du bist verliebt!"

Maia verdrehte die Augen, musste aber grinsen. „Vielleicht, vielleicht aber auch nicht."

Lark tanzte im Laden herum und brachte Maia zum Lachen,

hielt jedoch inne, als Kunden hereinkamen. Lark rutschte zu Maia hinter die Kasse. „Wer ist er?"

Maia sah zu den Kunden, und Lark nickte. „Also gut", sagte sie, „aber sobald wir allein sind ... Ich will Details."

Aber der Laden war den ganzen Tag über voller Menschen, die den Herbsttag genossen. Sowohl Maia als auch Lark waren damit beschäftigt, den Kunden zu helfen und mit ihnen zu plaudern, und während sich Lark in der Kinderecke positionierte und Geschichten erzählte, war Maia an der Kasse und kümmerte sich um den Verkauf.

Sie sah auf, als ein bärtiger Mann mittleren Alters in den Laden kam. Sie kannte ihn nicht, aber das war nichts Ungewöhnliches. Jeden Tag tauchten neue Kunden auf.

Erst als er seinen Einkauf zur Kasse brachte, spürte Maia einen Stich. Ein Kinderbuch – *Das Zeiträtsel* von Madeleine L'Engle.

Das war Lukas Favorit gewesen. Maia verdrängte den Schmerz, der sie durchbohrte, und lächelte den Mann an. „Eine gute Wahl. Für jemand Besonderen?"

„Meine Tochter." Der Mann lächelte nicht und sein Ton war abrupt und hart. Er hatte die schwärzesten Augen, die sie je hinter einer dicken Brille gesehen hatte. Es war etwas Unheimliches an der Art, wie er sie ansah. Sein Bart war tiefschwarz, genauso wie sein Haar unter seiner Mütze, und Maia bemerkte jetzt, dass es seltsam aussah.

„Nun, ich hoffe, es gefällt ihr."

Sie hörte die Klingel an der Tür und lächelte, als sie sah, dass Atom hereinkam. Sie vergaß den gruseligen Kerl, der sich umdrehte und davonging, und begrüßte ihn.

Atom berührte ihre Wange mit einem Finger und sie lächelte. Sie liebte es, dass er respektvoll genug war, sie noch nicht in der Öffentlichkeit zu küssen, und dass er abwartete, wie sich ihre Beziehung entwickelte und wann sie ihren Freunden und Kollegen von ihm erzählen wollte.

„Ich war in der Nähe", erklärte er. „Ich musste ein paar Farbmuster in der Main Street besorgen."

„Seid ihr schon bei den Farbmustern?" Maia schüttelte den Kopf. „Wow, du baust sehr schnell Häuser."

Atom grinste verlegen: „Ja, das war eine schlechte Ausrede, du hast mich erwischt. Ich wollte dich nur sehen, aber wenn ich schon in der Stadt bin, werde ich gleich den Wein für später kaufen."

Maia errötete vor Vergnügen und nickte zu einem ruhigeren Bereich des Ladens, weg von Larks neugierigem Blick. „Hör zu ... ich fühle mich etwas komisch, wenn ich das sage, aber ich möchte von Anfang an ehrlich sein."

„Oh oh." Aber er grinste, und sie musste lachen.

„Nichts Schlimmes, versprochen ... Ich habe es nur gemocht ... heute Morgen mit dir aufzuwachen."

Atom berührte erneut ihr Gesicht. „Ms. Gahanna, bittest du mich etwa, wieder die Nacht mit dir zu verbringen? Wie ausgesprochen *modern* von dir."

Sie streckte ihm die Zunge heraus. „Wenn du Glück hast, zeige ich dir einen Knöchel."

„Verführerin."

Maia kicherte – es fühlte sich so gut an, mit ihm zu lachen. „Ich bin übrigens keine Meisterköchin, aber ich mache leckere Lasagne. Gut genug?"

„Meine Mutter war Italienerin", sagte er grinsend, und sie stöhnte.

„Ah, das ist nicht fair!"

Er lachte und warf dabei den Kopf zurück. „Aber sie war eine schreckliche Köchin und wenn sie hier wäre, würde sie dir das Gleiche sagen."

„Du bist unmöglich." Sie schlug ihm scherzhaft auf den

Arm, und er duckte sich lachend. „Du bedeutest Ärger, Atom Harcourt."

„Deine Art von Ärger?" Seine Augen waren sanft und in diesem Moment gab es für Maia keinen anderen Menschen auf der Welt.

„Oh ja", sagte sie. „*Genau* meine Art von Ärger."

KAPITEL NEUN

Maia wölbte ihren Rücken und drehte den Kopf, so dass ihre Lippen Atoms Mund treffen konnten, während er sie von hinten nahm. Seine Beine drückten ihre auseinander, als sein Schwanz in sie stieß. Seine Hand auf ihrem Bauch war gespreizt und Maia genoss es, leidenschaftlich geliebt zu werden.

Sie wusste, dass sie nie genug davon bekommen würde, und in den letzten Wochen war es fast eine Sucht geworden, mit Atom zu schlafen. Sie hatten sogar in der Buchhandlung Sex, wenn sie am Abend geschlossen hatte.

Jeden Tag wachten sie zusammen auf und hatten weder das Gefühl, eingeschränkt zu sein, noch dass ihre Beziehung sich zu schnell entwickelte. Sie sprachen über alles. Maia teilte sogar ihren Schmerz über Luka mit ihm und erzählte von ihrer Beziehung mit Zach. Ihre Beziehung mit Atom war so anders. Es fühlte sich ... „ebenbürtig" an, sagte sie ihm eines Tages beim Abendessen. „Bei Zach hatte ich immer das Gefühl, dass er allein das Sagen hatte. Ich war jung und naiv und dachte, dass Ehen oder Beziehungen so sind."

„Hat er dich jemals misshandelt?"

Maia schüttelte den Kopf. „Nein, rückblickend war es eher so, als würde er mich kontrollieren unter dem Deckmantel von ..." Sie verstummte und zuckte dann mit den Schultern. „Wovon? Ich weiß jetzt, dass ich keine Ahnung hatte, wer der Mann war."

„Vermisst du ihn?"

„Nein." Diesmal zögerte sie nicht. „Nein überhaupt nicht. Ich war einundzwanzig, als ich ihn heiratete. Er war mein erster fester Partner." Sie kaute auf ihrer Unterlippe. „Ich denke, ich war von seiner Aufmerksamkeit überwältigt. Er hat mich mit Liebesbekundungen überschüttet." Sie berührte unbewusst ihren Hals. „Wenn ich jetzt zurückschaue, hatte ich das Gefühl zu ersticken, aber ich kannte nichts anderes."

Atom streichelte ihre Wange. „Wir haben viel Zeit zusammen verbracht. Ich hoffe, du fühlst dich jetzt nicht so."

„Nein. Ganz im Gegenteil."

Sie lächelten sich an und verschränkten ihre Finger ineinander. „Es ist seltsam, aber das hier ... wir ... Es ist, als ob ich dich seit Jahren kenne, dabei habe ich kaum an der Oberfläche gekratzt." Er beugte sich vor und küsste sie. „Und ich kann es kaum erwarten, herauszufinden, was als Nächstes kommt."

ALS SIE SICH drei Tage vor Halloween an einem verschlafenen Sonntagnachmittag liebten, wusste Maia in ihrem Herzen, dass sie endlich Frieden gefunden hatte. Ihre Beziehung mit Atom war voller Spaß und Sinnlichkeit, und sie stellte fest, dass sie jetzt jeden Tag lachte. Freude war ihr so lange fremd gewesen.

Nachdem sie zum Orgasmus gekommen waren, lagen sie nebeneinander und unterhielten sich. Betty, die wusste, dass sie auf Abstand bleiben sollte, während sie intim waren, sprang auf das Bett und rollte sich zwischen ihnen zusammen.

Maia lächelte, als Atom den seidigen Kopf des Hundes küsste. „Sie ist wirklich eine Süße."

„Ein Haus ohne Hund ist kein Zuhause."

„Das denke ich auch." Atom küsste Maias Mund. „Ich muss sagen, ich dachte immer, ich wäre ein Stadtmensch, aber die Zeit hier auf der Insel ... es ist eine ganz andere Lebensweise." Er strich Maias Haare aus ihrem Gesicht. „Obwohl ich die meiste Zeit meiner Kindheit hier verbracht habe, habe ich noch nie die anderen Inseln erkundet. Du etwa?"

„Ich war schon auf Vashon und Whidbey, aber nur kurz."

„Wir sollten sie zusammen erkunden."

Maia lächelte ihn an. „Das wäre schön." Sie warf einen Blick auf die Uhr. „Hey, wenn wir mit Emory und Dante zu Abend essen wollen, machen wir uns jetzt besser fertig."

Alles ist so natürlich *zwischen uns*, dachte Maia, als sie sich ankleideten, um auszugehen. In den letzten Wochen waren viele von Atoms Kleidern in ihren Schrank gewandert, und sein Kulturbeutel war nun dauerhaft in ihrem Badezimmer. Jeden Tag nach der Arbeit kam er zu ihr, und sie hatte bereits das Abendessen vorbereitet. Maia kaute auf ihrer Unterlippe herum. Es gab etwas, das sie in den letzten Tagen in Betracht gezogen hatte, aber es würde ihre Beziehung radikal verändern. War es nach wenigen Wochen noch zu früh?

Erinnere dich an dein neues Mantra ... Hab Mut und spring.

„Atom?"

Er sah auf und lächelte sie an. „Ja, Baby?"

Maia schluckte schwer und versuchte, die Nervosität aus ihrer Stimme herauszuhalten. „Es ist seltsam, dass du für ein Haus, das du nie nutzt, Miete zahlst." Sie holte tief Luft. „Warum ziehst du nicht ... ich meine, wenn es nicht zu früh ist und wenn du willst, nur während du am Haus der Harpers arbeitest ..." Sie verstummte. Atoms Lächeln wurde breiter, und er kam zu ihr und umschloss ihre Wange mit seiner warmen Handfläche.

„Maia, ich kann mir nichts Schöneres vorstellen, als hier bei dir einzuziehen. Ich habe es praktisch schon getan. Aber ja, machen wir es offiziell." Er drückte seine Lippen auf ihre. „Du und Betty seid jetzt meine Familie."

Maias Herz schwoll an, nicht zuletzt deshalb, weil er ihren geliebten Hund ebenfalls erwähnt hatte. „Ich bin so froh."

„Unter einer Bedingung. Ich bezahle die Miete."

Maia schüttelte den Kopf. „Vergiss es. Aber wir können sie teilen."

Atom lachte. „Ich wusste, dass du so reagieren würdest, aber ich wollte es trotzdem versuchen. Ich respektiere das, Baby." Er streichelte ihr Gesicht. „Dies ist nicht nur eine Beziehung, sondern eine Partnerschaft. Immer. Es gibt keine Kontrolle darin, niemals. Nur Liebe. Das wünsche ich mir mehr als alles andere für dich – außer einer Sache."

„Und die wäre?"

Seine Augen waren jetzt ernst. „Dass du Luka wiedersiehst."

In dieser Sekunde – in diesem Sekundenbruchteil – wusste Maia, dass sie Atom Harcourt liebte.

EMORY WARF Maia und Atom während des Essens immer wieder aufgeregte Blicke zu und als Maia sich freiwillig anbot, ihr beim Nachtisch zu helfen, gingen die beiden Frauen in die Küche. Maia lachte über Emorys eifrigen Gesichtsausdruck. „Frag einfach, was immer du fragen willst, Emory."

Emory kicherte. „Tut mir leid. Es ist herrlich! Ihr beiden seid zusammen entzückend."

„Das sind wir, nicht wahr?" Maia konnte nicht anders, als zu lachen. „Er ist einfach der wunderbarste Mann der Welt … Ich kann nicht glauben, dass er so lange Single war."

Emory nickte und blickte zur Tür, um zu sehen, ob die Männer sie hören konnten. „Unter uns ... er hat sehr unter seinen Eltern gelitten. Dante zufolge war sein Vater ein Bastard, ein schwacher Mann, der seine Gefühle nicht ausdrücken konnte, und Atoms Mutter hatte psychische Probleme. Nicht, dass es ihre Schuld war, aber sie wusste es und weigerte sich dennoch, Hilfe anzunehmen, auch wenn es bedeutete, dass ihr Sohn die Konsequenzen tragen musste."

Maia schnaubte angewidert und Emory nickte. „Ja." Sie schüttelte den Kopf. „Ich verstehe sie einfach nicht ... diese Leute, die ihre Kinder so rücksichtslos behandeln. Sie verstehen nicht, was es heißt, Eltern zu sein."

Maia nickte. „Apropos ... wo ist Nella heute Abend?"

Emory lächelte. „Sie übernachtet bei einer Freundin. Was mich an etwas erinnert ... An Halloween. Nella wollte dich selbst fragen, aber sie war zu schüchtern."

„Nur zu."

„Sie wollte wissen, ob du mit ihr von Haus zu Haus gehst. Sie sagte – und ich hoffe, dass dich das nicht aufregt –, dass sie traurig darüber ist, dass du das nicht mit Luka machen kannst. Sie will, dass du erlebst, wie es mit einem Kind ist."

Maias Herz klopfte wild, sowohl vor Trauer, als auch vor Zuneigung für die süße Nella. „Das ist wunderschön, Emory." Ihre Stimme war erstickt und sie musste den Kloß in ihrem Hals herunterschlucken. „Sag Nella, dass ich gerne mitkomme. Warum machen wir nicht etwas Besonderes daraus? Ich biete in der Buchhandlung heiße Getränke und Kürbiskuchen an, und wir gehen von dort aus los?"

Emory gab ihr eine High-Five. „Einverstanden."

AUF DEM RÜCKWEG im Auto erzählte Maia Atom, wie gerührt sie von Nellas Bitte war. „Sie ist so ein entzückendes Kind ... und sie ist im gleichen Alter wie Luka jetzt wäre." Sie legte ihre Hand auf ihre Brust. „Oh Gott, entschuldige, ich glaube, ich werde gleich weinen."

Atom lachte und griff mit seiner freien Hand nach ihr. „Baby ... nur zu. Weine, wenn du willst."

Ein paar Tränen kamen, aber die Liebe, die sie von Atom, Emory, Dante und Nella empfing, besiegte jede Traurigkeit.

Sie fuhren zu ihrem Haus und Maia runzelte die Stirn. „Haben wir das Licht auf der Veranda nicht angelassen?"

Sie stiegen aus, als sie näherkamen, und Maia keuchte entsetzt. „Die Tür ist offen."

Sie lief darauf zu und Atom erwischte sie, als sie gerade die Treppe hinaufrennen wollte. „Warte, Baby. Jemand könnte da drin sein."

Maia verspürte Panik. „Betty ..." Der Hund kam nicht heraus, um sie zu begrüßen, und Maia war voller Angst. „Betty!"

Atom schob Maia hinter sich, als er die Treppe hinaufstieg. Er griff in die offene Tür und machte das Licht an. Beide lauschten angestrengt, aber es war nichts zu hören – jedenfalls zunächst.

Dann hörten sie mit einem Seufzer der Erleichterung hinter der geschlossenen Küchentür ein Heulen. Atom öffnete die Tür, und Betty schoss heraus und begrüßte sie aufgeregt. Maia spürte, wie die Anspannung nachließ, als sie sah, dass Betty nicht verletzt war. Sie hob den Hund hoch und folgte Atom, der jedes Zimmer überprüfte. Er blieb stehen, als er die Treppe zum zweiten Stock erreichte.

„Warte hier unten, Schatz. Wenn ich schreie, läufst du aus dem Haus ins Auto und verriegelst die Türen. Und du rufst die Polizei. Okay?"

Maia nickte. Ihre Augen waren weit aufgerissen und verängstigt. Sie hörte, wie Atom zwei Stufen auf einmal nahm und die zweite Etage überprüfte. Sekunden vergingen.

„Alles klar, Baby." Er erschien oben auf der Treppe und sein erleichtertes Lächeln spiegelte ihres wider. Maia setzte Betty ab und der Hund ging sofort zur Tür und kratzte daran, um nach draußen gelassen zu werden. „Sie muss pinkeln." Maia ging mit Betty in den Vorgarten. Die Straße war ruhig, und eine schwache Brise wehte durch die Bäume und ließ die Blätter rascheln. Maia konnte Atom im Haus hören, wie er die Fenster kontrollierte. Sie musste die Tür offengelassen haben, als sie gegangen waren – ein dummer Fehler, selbst in einer sicheren Straße wie dieser.

Betty pinkelte und schnüffelte, und als Maia ihren Hund beobachtete, bemerkte sie, dass ein Blatt Papier flatternd im Zaun hängen geblieben war. Sie ging an die Stelle, riss es heraus und erstarrte.

Es war ein Foto von Luka. „Was zur Hölle soll das?", murmelte sie vor sich hin. Sie sah sich um und wusste nicht wirklich, was oder wen sie suchte, aber ihr Schock erschütterte sie zutiefst.

Eine Bewegung in einer Baumgruppe auf der anderen Straßenseite fiel ihr auf und ein Schauer lief ihr über den Rücken.

Jemand beobachtete sie.

KAPITEL ZEHN

Maia wartete darauf, dass Atom zurückkam, und als sie sein Klopfen hörte, ließ sie ihn herein. „Niemand da, mein Schatz."

Sie seufzte. „Es tut mir leid, du musst mich für paranoid halten. Es ist nur ..." Sie hielt Lukas Foto hoch. „Wie zum Teufel kam das nach draußen?"

„Wo war es im Haus?"

Sie dachte darüber nach. „Ich glaube, es lag auf dem Tisch im Wohnzimmer."

„Es muss nach draußen geweht worden sein, als die Tür offen war."

Sie nickte. „Das ist die einzige Erklärung." Die einzige, die nicht gruselig war. Sie berührte das Foto. „Es ist eines meiner Lieblingsbilder. Ich habe es mit einigen anderen zum Einrahmen aussortiert. So lange konnte ich es nicht ertragen, Bilder von ihr anzusehen."

Atom strich mit seiner Hand über ihre Haare. „Ich denke, das ist eine großartige Idee. Ich könnte dir einen Rahmen machen."

„Wirklich?"

Er lächelte und nickte. „Ich habe neben dem Studium eine Ausbildung zum Tischler absolviert. Ich baue gern Dinge."

„Du bist ein verdammt ungewöhnlicher Milliardär, Atom Harcourt." Sie stand auf und küsste ihn. „Lass uns ins Bett gehen."

MAIA WUSSTE NICHT, was sie in der Nacht geweckt hatte, als sie sich vorsichtig aufsetzte, um Atom nicht zu stören, und lauschte. Betty schlief am Ende des Bettes, aber sie öffnete die Augen und sah auf, als Maia aus den Laken glitt. Maia streichelte ihren seidigen Kopf.

„Bleib, Betty", flüsterte sie, und der Hund leckte ihre Hand und legte sich wieder hin. Maia ging in die Küche und nahm ein Glas. Sie füllte es mit kaltem Wasser und trank es aus. Draußen war die Nacht mondlos und stockdunkel, und sie starrte aus dem Fenster und konzentrierte sich auf das, was jenseits ihres Spiegelbilds war.

Sie zuckte zusammen, als sie spürte, wie seine Arme um ihre Taille glitten und seine Lippen ihren Nacken küssten. Atom drehte sie sanft zu sich um. Er hatte ein schläfriges Lächeln auf seinem Gesicht. Maia presste ihre Lippen auf seine, und er nahm sie in die Arme und trug sie zum Küchentisch, wo er sie absetzte. Maia legte die Arme um seinen Hals und zog seinen Kopf nach unten, damit sie ihn küssen konnte.

Seine Zunge liebkoste ihre, aber dann zog er sich zurück und drückte sie mit dem Rücken auf den Tisch. Er öffnete ihren Morgenmantel und beugte sich vor, um ihren Hals und ihre Brüste zu küssen, und Maia seufzte glücklich, als seine Lippen über ihren weichen Bauch wanderten.

Sie brauchten jetzt keine Worte. Atoms Schwanz glitt in sie, und sie begannen, sich langsam zu lieben. Das wenige Licht ließ die ganze Szene unwirklich erscheinen, und die Stille der

Nacht wurde nur von ihrem Keuchen und Stöhnen unterbrochen.

Danach trug er sie zurück ins Bett, und sie umarmten einander fest und schliefen, bis Maias Wecker klingelte.

MAIA VERSTECKTE ihr Gähnen hinter ihrer Hand, aber Lark grinste sie an. „Das habe ich gesehen."

„Tut mir leid, ich war lange auf."

Lark kicherte. „Das kann ich mir vorstellen."

Maia grinste, antwortete aber nicht. Sie schmückten das Schaufenster der Buchhandlung mit Spinnennetzen. Maia hatte ein Poster angefertigt, um anzukündigen, dass es am nächsten Tag warmen, gewürzten Apfelsaft und Kürbiskuchen im Buchladen geben würde und alle Eltern, die ihre Kinder an Halloween begleiteten, sich dort niederlassen konnten.

Nach dem Mittagessen fuhr Maia zum Supermarkt, um Süßigkeiten zu besorgen. Zusammen mit Trauben und Apfelscheiben wollte Maia sie in kleine Tüten packen und verteilen. Sie dachte, sie sollte es zumindest ein wenig so aussehen lassen, als würde sie gesunde Ernährung fördern, obwohl die Kinder das Obst zweifellos ignorieren würden.

An der Kasse fiel ihr eine Zeitschrift mit einer kleinen Schlagzeile auf der Titelseite auf:

Fünf Jahre später – das mysteriöse Verschwinden des Zachary Konta

Oh, verdammt nochmal. Maia legte das Magazin zu ihren Einkäufen und sah nicht in die Augen der Kassiererin, obwohl sie wusste, dass das junge Mädchen auf keinen Fall etwas von ihrer Verbindung zu Zach ahnen konnte.

Paranoid ging Maia zu ihrem Auto zurück, setzte sich hinein und blätterte zu dem Artikel. Sie bereitete sich auf ein Foto von Luka vor, fand aber nur ein kleines Bild von sich und Zach. Sie erkannte sich darauf kaum wieder. Das größte Foto war jedoch eine gestellte, professionelle Aufnahme von Tracey Golding-Hamm, die ihr schönes, schmales Gesicht betonte.

Maia würgte fast, als sie den Text las. Tracey trauerte um den Verlust ihres wahren Seelenverwandten und sagte dem Autor, dass sie und Zach eine „besondere Bindung" gehabt hatten und sie die Wahrheit wissen wollte, auch wenn es sonst niemanden interessierte.

„Andere, einschließlich seiner Frau, haben ihr Leben fortgesetzt und sind geheilt. Mein Herz und mein Leben werden aber niemals wieder so sein wie zuvor. Es ist eine Schande, dass er im Leben nicht so geliebt wurde, wie er von mir noch im Tod geliebt wird."

„Oh, geh zur Hölle, Tracey, du widerliche Schlampe." Maia war wütend. Was für eine miese Aktion, aber warum war sie überrascht?

Atom war in der Buchhandlung, als sie zurückkam. Er wich zurück, als er ihren Gesichtsausdruck sah. „Oh oh, was ist los?"

Maia reichte ihm den Artikel und beobachtete ihn beim Lesen. Atoms Augenbrauen schossen in die Höhe. „Wow. Was für eine fürchterliche Frau."

„Nicht wahr?" Maia lächelte humorlos. „Fällt dir auf, dass sie meinen Namen nicht ein einziges Mal verwendet hat?"

„Ja." Atom sah auf das Bild von ihr und Zach und zeichnete ihr Gesicht mit der Fingerspitze nach. „Kann ich etwas sagen?"

„Natürlich." Sie setzte sich neben ihn. und ihre Wut zerstreute sich. Wen kümmerte es, was Tracey tat? Dieses Leben war jetzt eine Million Meilen von ihr entfernt.

Atom lächelte sie an. „Ich erkenne dich auf diesem Bild nicht wieder. Du siehst irgendwie ... was ist das richtige Wort dafür? ... *eingesperrt* aus."

Maia erkannte, dass er recht hatte. Zachary Konta hatte entschieden, dass er sie wollte, und sie in einen goldenen Käfig gesperrt. Jede Entscheidung war seine gewesen und als Feministin schämte Maia sich jetzt dafür. Warum hatte sie es nicht gesehen? Warum war sie nicht für sich selbst eingestanden?

„Bist du okay?" Eine Falte war zwischen Atoms Augenbrauen, als er sie besorgt anstarrte. Sie glättete sie mit ihrem Finger.

„Es geht mir gut. Das ist jetzt nicht mehr mein Leben."

Atom lehnte seine Stirn an ihre. „Damit hast du verdammt recht. Unser gemeinsames Leben wird immer glücklich sein, das verspreche ich dir."

Sie lächelte sanft. „Unser Leben."

„Ganz genau, meine Schöne."

MAIA VERDRÄNGTE den Artikel und konzentrierte sich auf die Freude in ihrem neuen Leben. Als Eltern mit ihren kostümierten Kindern in den Laden kamen, der mit dem Duft von Zimt und Kürbisgewürz erfüllt war, lächelte sie die Kunden und ihre Freunde an, die jetzt ihre Familie waren. Unique und ihre Mädchen waren mit riesigen Behältern voller Essen gekommen, das Unique extra zubereitet hatte. Es war eine Überraschung für Maia, die sie fast zum Weinen brachte. Sie machte Emory und Dante mit Unique bekannt, und Nella war von den Zwillingsmädchen und ihren lauten, extrovertierten Persönlichkeiten verzaubert.

Später, als es dunkel wurde, gingen sie alle auf die Straße, um durch die Nachbarschaft zu ziehen. Nella hielt Maias Hand die ganze Zeit und plauderte aufgeregt mit ihrer ‚Tante', und Maia spürte, wie sich etwas in ihr veränderte. Sie warf Atom, der neben ihnen ging, einen Blick zu, und er lächelte sie an. Maia hatte das seltsamste Gefühl, dass er ihre Gedanken las, vor allem, als er ihr leicht zunickte. Wusste er wirklich, was sie dachte? Dass sie es lieben würde, ein Kind mit ihm zu haben?

Weil es so war. Sie wünschte es sich so sehr. Es war verrückt, ja, aber in ihrem Herzen wusste sie, dass es ihr Schicksal war, mit diesem unglaublichen Mann eine Familie zu gründen.

Als sie beim letzten Haus gewesen waren, scherzten Emory und Dante mit ihrer Tochter, und Maia nahm ihr Handy heraus, um zur Erinnerung ein Foto von allen zu machen.

Während sie posierten und Maia von der Gruppe weg an den Rand des Bürgersteigs trat, rannte Nella plötzlich zu ihr, rutschte aus und stolperte auf die Straße. In einem Herzschlag änderte sich alles. Das Auto, das auf sie zuraste, hielt nicht an und als Maia die weinende Nella aufhob, verlor sie selbst das Gleichgewicht. Sie drückte Nella in die Arme ihrer Mutter, als sie stürzte und spektakulär von der Motorhaube abprallte.

Die Zeit schien stillzustehen, als sie sich in der Luft drehte und Schreie um sie herum hörte, dann fiel sie auf den kalten, harten Asphalt und alles wurde dunkel.

11

KAPITEL ELF

Maia schob die Hände der Krankschwester weg und begab sich in eine sitzende Position. „Mir geht es wirklich gut."

Atom verdrehte die Augen, als die Krankenschwester ihre Lippen schürzte. „Vielleicht ist das so, Ms. Gahanna, aber bis der Arzt Sie untersucht hat, müssen Sie im Bett bleiben."

Maia seufzte, gab aber nach. Ihr Körper tat weh, aber zum Glück gab es keine gebrochenen Knochen. Maia machte sich mehr Sorgen um Nella, aber als eine blasse, erschütterte Emory ihr versicherte, dass Nella unverletzt und nur um ihre ‚Tante' besorgt war, war Maia erleichtert.

Atom nahm ihre Hand und zuckte zusammen, als er die Schnittverletzungen sah. Sie hatte mehrere Prellungen und ihr Gesicht fühlte sich geschwollen an. Maia wagte nicht, ihr Spiegelbild anzusehen.

Der Arzt kam endlich und sagte ihr, er würde es vorziehen, wenn sie über Nacht blieb, um sicherzugehen, dass sie keine Kopfverletzungen hatte. „Vielleicht haben Sie eine leichte Gehirnerschütterung, und natürlich werden Sie eine Weile

Schmerzen haben. Nehmen Sie Aspirin dagegen und vielleicht auch etwas Ibuprofen. Bald geht es Ihnen wieder besser."

„Ich würde die Nacht lieber zu Hause verbringen."

„Sie wird hierbleiben", sagte Atom fest, aber als Maia ihn anstarrte, schien er zu realisieren, dass er sein Versprechen an sie brach. „Natürlich ist das nicht meine Entscheidung."

„Richtig."

Atom drückte ihre Hand entschuldigend, als Maia den Arzt ansah. „Im Ernst, ich gehe lieber nach Hause."

„Wie Sie meinen. Ruhen Sie sich ein paar Tage aus und wenn es Ihnen schlechter geht, kommen Sie wieder zu uns." Er lächelte sie an und verließ den Raum.

Atom setzte sich neben Maia auf das Bett und küsste ihre Schläfe. „Es tut mir leid, Baby. Du hast mich fürchterlich erschreckt. Und dieses Arschloch hat nicht einmal angehalten."

Maia zuckte mit den Schultern. „Solche Dinge passieren. Ich möchte einfach nur nach Hause zurückkehren, baden und ins Bett gehen ... mit dir." Sie hob die Augenbrauen, und er lachte.

„Das ist ambitioniert, aber ich glaube irgendwie nicht, dass wir heute Abend etwas anderes tun werden, als schlafen."

Maia grummelte, aber es stellte sich heraus, dass er recht hatte. Nach einem heißen Bad schlief sie fast sofort ein.

ATOM LAG NEBEN IHR, bis er sicher war, dass sie eingeschlafen war, und stand dann auf. Betty nahm sofort den Platz neben Maia ein, und Atom grinste den Hund an. „Pass auf sie auf, Betty."

Er ging die Treppe hinunter und schloss die Küchentür hinter sich. Dann rief er Dante an. „Wie geht es Nella?"

„Gut. Wir haben sie mit Süßigkeiten und Kuchen verwöhnt, und sie durfte länger als sonst aufbleiben, aber jetzt ist sie im Bett. Emory sieht gerade nach ihr. Wie geht es Maia?"

„Angeschlagen, aber es geht ihr gut." Atom holte tief Luft.

„Dante ... du hast das Auto gesehen."

„Es ist direkt auf sie zugerast."

Atom nickte. „Das war kein Unfall, oder?"

„Ich glaube nicht. Hör zu, ich habe mit der Polizei gesprochen und ihnen alles erzählt. Sie haben wenig Hoffnung, dass das Auto gefunden wird – es gibt nicht viele Sicherheitskameras in dieser Straße. Etwas sagt mir, dass der Fahrer das wusste."

Atom spürte, wie sein Herz sank. „Wer macht so etwas? Wer zum Teufel würde Maia verletzen wollen?"

Dante schwieg einen Moment und seufzte dann. „Ich weiß alles über rachsüchtige Expartner, Atom."

„Mein Gott. Glaubst du wirklich, das war Konta?" Atom rieb sich den Kopf.

„Er war – oder ist – kein guter Kerl, Atom. Er hat viele Menschen lange Zeit getäuscht. Hast du Leute in Manhattan?"

„Drei oder vier private Ermittler. Sie haben bisher noch nichts gefunden, kein Zeichen von ihm. Wenn er mit Maias Tochter irgendwo da draußen ist ... hat er sich gut versteckt."

„Wir wissen, dass er jahrelang Geld von seinem Unternehmen abgezweigt hat. Er hat unbegrenzte Ressourcen, um sich für immer zu verstecken, wenn er das will. Aber ... warum sollte er jetzt alles riskieren und wegen Maia zurückkommen?"

Atom stieß langsam den Atem aus. „Weil sie glücklich ist. Nach allem, was ich über Narzissten weiß, wird er nicht zulassen, dass sie ohne ihn glücklich ist."

Wieder Stille. „Atom ... deine Mutter ..."

„Wir müssen nicht über sie reden, aber ja. Ja."

Er beendete den Anruf und saß eine Weile in der dunklen Küche und dachte nach. Er hasste es, dass er hinter Maias Rücken in ihrer Vergangenheit herumschnüffelte, aber wenn es eine Sache gab, die Atom mehr als alles andere wollte, war es, Maia eine endgültige Antwort zu geben. Lebte Luka noch?

Und warum zum Teufel sollte Zach Konta der Frau, die er zu lieben behauptete, so etwas antun? Atom glaubte, die Antwort darauf zu kennen, aber es bedeutete, über seine eigenen Erfahrungen nachzudenken ... und er war nicht bereit dafür. Er wollte Maia nicht diese Last aufbürden. Nein, er würde sie so gut wie möglich schützen, während sie versuchten herauszufinden, wo sich Konta versteckt hatte.

Atom hätte sein Vermögen darauf verwettet, dass er am Leben war. Er konnte nur hoffen, dass Luka es auch war.

Er ging zurück ins Schlafzimmer und legte sich neben Maia und Betty. Betty bewegte sich schläfrig und schnüffelte. Er streichelte den Kopf des Hundes und strich Maias dunkles Haar aus ihrem Gesicht. Auf ihrer Wange war ein böser Bluterguss, und sie hatte eine Schnittverletzung über dem Auge, aber für ihn sah sie schöner aus als alles andere. In den wenigen Wochen, die sie zusammen waren, hatte Atom endlich gelernt, was eine echte Partnerschaft war. Spaß, Gelächter, Aufrichtigkeit und unglaublicher Sex. Jetzt wusste er wirklich, was der Begriff *Seelenverwandte* bedeutete, und er wollte verdammt sein, wenn jemand – irgendjemand – ihre Liebe zerstörte.

Liebe. Atom lächelte. Er hatte die meiste Zeit seines Lebens nicht gewusst, was das bedeutete. Die Liebe, die er empfing, kam von seinen Freunden, nicht von seiner Familie, und jetzt ...

„Ich liebe dich", flüsterte er ihr zu und wünschte, er hätte den Mut, es zu sagen, wenn sie ihn hören konnte. „Ich liebe dich so sehr, Maia Gahanna."

Er beugte sich vor und küsste zärtlich ihre Lippen, so sanft, dass er wusste, dass er sie nicht wecken würde. Dann schlang er seinen Arm um ihre Taille und schloss die Augen. Heute Nacht war ein Albtraum gewesen. Atom spürte immer noch das schreckliche Entsetzen und die Panik, die er empfunden hatte, als das Auto Maia ramme. Ihr kleiner Körper war durch die Luft geflogen und blutend auf dem Asphalt gelandet. Er hatte gedacht, sie sei tot.

Mein Gott.

Atom schwor, dass ihr nie wieder so etwas passieren würde. Er würde nicht zulassen, dass sie wieder verletzt wurde. *Nie wieder*, dachte er. *Niemals wieder.*

ER HATTE das Auto versteckt und seine Spuren beseitigt. Er hatte die Nummernschilder gewechselt, nur zur Sicherheit, aber er war zuversichtlich, dass die Polizei ihn nicht aufspüren konnte, selbst wenn sie seine DNA in ihren Akten hatten.

Maia hatte ihnen wahrscheinlich seine DNA gegeben, nachdem er vor fünf Jahren verschwunden war. Er nahm an, dass er geschmeichelt darüber sein sollte, wie sie ihn all die Jahre gesucht hatte. Die Appelle im Fernsehen und in den Zeitungen, das Anheuern privater Ermittler. Aber all das war eine Lüge gewesen – ihre Sorge um ihn war nur gespielt gewesen.

Hure.

Wenn du nur so aufrichtig gewesen wärst, als wir verheiratet waren, meine Liebe. Es hatte ihm missfallen, als sie sich von ihm scheiden ließ, aber er konnte ihre Wut verstehen. Er hatte ihr das Wertvollste genommen, was sie hatte – Luka.

Und jetzt, nach all dem, war sie mit Atom Harcourt, diesem elenden Stück Scheiße, zusammen. Hatte Atom ihr alles über seine Vergangenheit erzählt? Er hatte über Harcourt und das, was ihm passiert war, Nachforschungen angestellt, nachdem er den Mann gesehen hatte, wie er mit Maia auf Henrys Party auf dem Balkon flirtete. Sie hatten zwar nur ein paar Worte gewechselt, aber er war im Schatten gewesen und hatte sie beobachtet.

Er hatte ihre Verbindung sofort erkannt. Fast hätte er seine Meinung darüber, was er tun würde, geändert, aber sie zusammen zu sehen und zu beobachten, wie dieser Mann es wagte, seinen Besitz anzulächeln und zu berühren ...

Er hatte gewusst, dass sie fickten, und nun hatte Maia ihre Beziehung öffentlich gemacht. Die trauernde Witwe hatte wieder Liebe gefunden. *Ah, wie verdammt süß.*

Zach Konta hatte damals zwei Möglichkeiten gehabt. Sie töten oder das, was er getan hatte – mit seiner Tochter verschwinden. Er hatte die zweite Option gewählt, aber jetzt zweifelte er an seiner Entscheidung. Weil sie den verdammten Atom Harcourt fickte und ihr altes Leben hinter sich gelassen hatte.

Weil sie glücklich war.

Nicht mehr lange, meine Liebe. Aber zuerst würde er sie leiden lassen, wie noch nie jemand gelitten hatte.

Bevor er sie tötete, bevor er ihr Blut an seinen Händen spürte, würde er, Zachary Konta, seine schöne Exfrau durch die Hölle gehen lassen ...

12

KAPITEL ZWÖLF

Es dauerte ein paar Wochen, bis sich ihr Körper wieder normalisiert hatte, und selbst dann schmerzte er immer noch. „Ich denke, die Prellungen gingen tiefer, als mir bewusst war", sagte sie eines Tages zu Atom. Sie waren geheilt, aber es fühlte sich an, als säßen sie ihr tief in den Knochen, und sie fragte sich, ob sie wieder in Depressionen versank.

Der Unterschied war, dass sie diesmal mit ihrem Partner darüber reden konnte. Atom hörte ihr zu und schlug ihr vor, mit einem Therapeuten zu sprechen oder einen Arzt aufzusuchen. „Es ist keine Schande, um Hilfe zu bitten, Baby."

Sie war ihm dankbarer, als sie in Worte fassen konnte. Mein Gott, dieser Mann ...

Es war fast Thanksgiving, und Maia hatte die Harpers und die Benjamins zu einem traditionellen Festessen eingeladen. Lark war bei ihrer Familie, sagte aber, dass sie später für Glühwein und Kürbiskuchen vorbeischauen würde.

Atom hatte sich den Tag vor Thanksgiving freigenommen, um ihr bei der Vorbereitung des Hauses zu helfen, das jetzt ihr gemeinsames Haus war. Er war noch an dem Tag, als sie ihn darum gebeten hatte, bei ihr eingezogen, und den beiden gefiel es dort so gut, dass Atom den Besitzer kontaktiert hatte, um zu fragen, ob er es ihnen verkaufen würde. Maia war überrascht gewesen. „Willst du nicht etwas Größeres?"

Atom hatte den Kopf geschüttelt. „Nein, wirklich nicht. Dieses Haus ist groß genug für uns und Betty – und für unsere Kinder."

Es war merkwürdig, wie schnell sie sich an die Idee gewöhnt hatten, dass sie zusammengehörten. Sie hatten ineinander ihre Seelenverwandten gefunden.

Und jetzt hatten sie noch etwas zu feiern. Etwas, das sie ihren Freunden beim Abendessen erzählen würden. Maia grinste vor sich hin, als sie die Füllung für den Truthahn vorbereitete. Sie konnte es selbst kaum glauben.

Sie dachte daran zurück, wie sie beschlossen hatten, „etwas Verrücktes" zu tun. Ein paar Tage nach ihrem Unfall war sie auf die Veranda gegangen, wo Atom nachdenklich auf der Schaukel saß. Sie hatte sich neben ihn gesetzt und seine dunklen Locken aus seinem Gesicht gestrichen. „Bist du in Ordnung?"

Er hatte sich zu ihr umgedreht. Ein warmes Lächeln hatte sich auf seinen wunderschönen Gesichtszügen ausgebreitet und sie hatte das reine Gefühl in seinen Augen gesehen. „Ja, Baby. Zum ersten Mal seit einer Ewigkeit. Ich verändere mich, Maia, und zwar zum Besseren."

„Ich kann mir nicht vorstellen, wie du noch besser werden könntest", hatte sie gescherzt, aber er hatte grinsend den Kopf geschüttelt.

„Es gibt Dinge ... Dinge, die ich noch nie jemandem erzählt habe. Dinge aus meiner Kindheit. Meine Eltern ... sie waren keine guten Menschen, und ich hatte so große Angst, dass ich genauso werden würde."

„Keine Chance." Sie hatte seine Wange geküsst, und Atom hatte seine Arme um sie geschlungen.

„Ich habe es gehofft, aber es ist schwer, sich selbst klar zu sehen. Die Wahrnehmung wird verzerrt. Aber bei dir zu sein ... Wenn ich so schlecht wäre, wärst du nicht bei mir."

„Du bist nicht schlecht, Atom. Keine einzige Faser in deinem Körper ist schlecht. Du bist der wundervollste Mensch, den ich je getroffen habe. Du bist nett, rücksichtsvoll, lustig und sexy wie die Hölle. Das volle Programm." Sie hatte sein Gesicht gestreichelt und ihn fest angesehen. „Und ich liebe dich."

Sein Lächeln war strahlend gewesen. „Und ich liebe dich, meine schöne Maia. So sehr."

Sie hatten sich geküsst und bald darauf hatte Maia seine Hand genommen und ihn nach oben zum Bett geführt.

Maia lächelte. Keiner von ihnen hatte in jener Nacht geschlafen in dem Wissen, dass dies ein bedeutender Moment in ihrem Leben und in ihrer Beziehung war. Sie hatten sich unterhalten, geliebt und ihre Zukunft geplant, und seitdem waren sie einander näher als je zuvor.

Maia streckte sich. All ihre Schnittwunden und Prellungen waren verschwunden, und nur ein wenig Muskelkater war zurückgeblieben. Sie sah auf, als Atom mit dem Truthahn aus dem Supermarkt zurückkehrte. „Wow", sagte sie mit großen Augen. „Wie viele Menschen müssen wir satt bekommen?"

Atom grinste. „Nun, wir sind zu acht ... und dann ist da noch jemand ..." Er nickte zu Betty, die zwischen ihnen saß und deren Blick auf den rohen Truthahn gerichtet war. „Sie weiß Bescheid ..."

Maia lachte. „In diesem Fall hättest du wahrscheinlich zwei besorgen müssen." Sie küsste Atom und tätschelte den Kopf des Hundes. „Geduld, Betty, morgen ist es so weit." Sie beobachtete, wie Atom den Truthahn auf den Tisch hob. „Meine Güte, er ist groß. Ich glaube, ich habe eine passende Form, aber sie ist auf dem Dachboden verstaut."

„Soll ich sie holen?"

„Nein, ich gehe. Vielleicht finde ich dort oben noch ein paar andere nützliche Dinge." Sie warf einen Blick auf die Uhr. „Du könntest unserem kleinen Dickerchen sein Abendessen geben." Betty spitzte die Ohren.

Atom lachte und Betty wurde unruhig, als er dorthin ging, wo das Hundefutter aufbewahrt wurde. „Wir sind schon eine richtige Familie."

„Nicht wahr?" Maia kicherte. „Ich bin gleich wieder da."

Sie zog die Leiter zum Dachboden hinunter und kletterte hoch. Es war dort bemerkenswert hell und luftig, und die wenigen Kartons, die sie noch nicht geöffnet hatte, waren ordentlich an einem Ende gestapelt. Sie ging deren Inhalt durch, fand die gewünschten Dinge und wandte sich wieder nach unten.

Dann sah sie es. Etwas lag am Ende des Dachbodens fast im Dunkeln. Sie runzelte die Stirn. Sie hatte es vorher nicht bemerkt. Maia ging hinüber, aber als ihr klar wurde, was es war, stieß sie den Atem aus, ihr wurde eiskalt, und ihre Beine gaben unter ihr nach. Sie sank zu Boden und griff nach der kleinen Wollmütze. Die blaue Wollmütze mit dem rosa Stern.

Lukas Lieblingsmütze. Die Mütze, die sie getragen hatte, als sie verschwunden war. Maia konnte nicht atmen. Sie öffnete den Mund, um zu schreien, aber kein Laut kam heraus. Sie drückte die Mütze an ihr Gesicht, atmete ein und versuchte herauszufinden, ob Lukas Babypuderduft noch da war.

Maia schloss die Augen. Die Zeit stand still und erst als sie Atoms Arm um sich spürte, sah sie mit tränennassen Augen zu ihm auf. Sie hielt ihm die Mütze hin, und er nahm sie und drehte sie in seinen Händen.

Sie beobachtete seinen Gesichtsausdruck und sah das Mitleid und den Schmerz in seinen Augen. „Oh mein Schatz", flüsterte er. „Es tut mir leid. Ich wünschte, ich könnte sie dir zurückbringen."

Maia schüttelte den Kopf und fand schließlich ihre Stimme wieder, auch wenn sie knackte und brach. „Nein, du verstehst das nicht ... ich weiß nicht, warum ihre Mütze hier ist. Sie kann nicht hier sein, es ist unmöglich ... weil Luka sie getragen hat." Ihre Stimme wurde hysterisch. „*Sie hat sie getragen, als er sie getötet hat ...*"

KAPITEL DREIZEHN

Atom warf einen Blick auf Maia. Sie hatte so sehr versucht zu verbergen, wie sie sich wirklich fühlte, und keiner ihrer Freunde hatte ihre Traurigkeit wahrgenommen. Der gestrige Tag war traumatisch gewesen. Sie hatten sich stundenlang unterhalten, und Maia hatte ihre Erinnerung daran angezweifelt, was Luka an jenem schrecklichen Tag getragen hatte.

Es hatte sie aufgebracht, zu glauben, dass sie sich geirrt hatte. „Ich war mir so sicher. Seit fünf Jahren habe ich ein Bild davon im Kopf, was sie trug, als ich sie das letzte Mal gesehen habe. Der Gedanke, dass ich mich geirrt habe, ist unerträglich, Atom."

„Vielleicht hast du dich nicht geirrt." Atom hatte ihr Haar gestreichelt, aber Maia, die zu aufgeregt war, um getröstet zu werden, war aufgestanden und im Zimmer auf und ab gegangen.

„Warum ist die Mütze dann hier? Wie kann das sein?"

Atom gab ihr einen Moment, bevor er sprach. „Liebling, vielleicht hat die Polizei sie dir zurückgegeben, und du hast es vergessen?"

Maia antwortete nicht und er konnte sehen, dass sie verzweifelt versuchte zu glauben, dass es so war ... weil die Alternativen zu schlimm waren, um darüber nachzudenken. Entweder war sie verrückt oder jemand hatte die Mütze absichtlich dorthin gelegt.

Mein Gott ...

Als sie endlich eingeschlafen war, hatte er seine privaten Ermittler in New York angerufen, ohne sich um die fünf Stunden Zeitunterschied zu kümmern, die dafür sorgten, dass es bei ihnen mitten in der Nacht war, aber keiner von ihnen hatte etwas zu berichten gehabt. Dann kontaktierte Atom seinen Sicherheitschef. „Ich möchte eine diskrete – *sehr* diskrete – Wache für Maias Buchhandlung. Bleiben Sie fürs Erste auf Distanz, aber ich will, dass sie geschützt ist, wohin sie auch geht."

„Wohin wer geht?"

Er drehte sich um und sah, dass Maia ihn beobachtete. „Ich rufe Sie zurück", sagte er zu seinem Sicherheitschef und beendete den Anruf. Er stand auf und blickte Maia an, deren Gesichtsausdruck undeutbar war. „Du. Ich will, dass du von meinem Sicherheitsteam beschützt wirst."

„Vor wem?" Sie sah ihn fragend an.

Atom zögerte. Es war soweit. Er musste ihr seine möglicherweise verrückte Theorie mitteilen, und schlimmer noch, sie könnte sie in Panik versetzen. „Vor der Möglichkeit, dass jemand dir Schaden zufügen will. Der Unfall war vielleicht gar kein Unfall. Die offene Tür. Die Mütze." Er holte tief Luft. „Die Tatsache, dass niemals Leichen gefunden wurden."

Zu seiner Überraschung flippte Maia nicht aus. Stattdessen setzte sie sich schwerfällig neben ihn. „Ich habe das Gleiche gedacht. Es ist einfach seltsam, dass Tracey sich ausgerechnet jetzt dafür entscheidet, so etwas zu tun ... und mit *jetzt* meine ich nicht den fünften Jahrestag, sondern gerade jetzt, da ich mein

Glück mit dir gefunden habe ... Also, ja ... vielleicht ist es Zach, der im Hintergrund die Fäden zieht. Ich würde es ihm zutrauen."

Atom musterte sie. „Ich habe Leute in New York, die Nachforschungen angestellt haben."

„Und?" Sie wirkte weder wütend noch überrascht.

„Nicht viel, außer ... er war kein guter Kerl. Nicht, dass wir irgendeinen Beweis für ... irgendetwas gefunden haben, aber die Leute, mit denen wir gesprochen haben ... nur sehr wenige hatten Gutes zu sagen."

Maias Gesicht war zu Stein erstarrt. „Er hat entweder tatsächlich seine Tochter getötet oder mich glauben lassen, dass er es getan hat. Das ist genug, um ihn für Abschaum zu halten." Wut erfüllte ihre Stimme. „Und wenn er zurückgekommen ist, um mich zu quälen ..." Atom sah, wie sich ihre Hände zu Fäusten ballten.

„Was?"

Sie sah ihn mit festem Blick an. „Man kann einen Toten kein zweites Mal umbringen."

Er hätte schockiert sein sollen, dachte er jetzt, aber ehrlich gesagt hatte er keinen Zweifel daran, dass er Maia helfen würde, Zachs Leiche zu verstecken, falls es dazu kommen sollte. Aber sie sagte nichts mehr und als der Morgen kam, wirkte sie verlegen.

Er rasierte sich gerade, als sie sich hinter ihn stellte und ihre Arme um seine Taille schlang. „Weißt du, ich habe das gestern nicht ernst gemeint, okay? Ich bin kein Psychopath, ich schwöre es."

Atom grinste. „Baby, das weiß ich. Du hast jedes Recht, so zu empfinden. Ich helfe dir, die Leiche zu verstecken, Süße." Aber er hatte es auf eine witzige Art und Weise gesagt, und Maia hatte gelacht.

„Das ist vielleicht das Romantischste, was du jemals zu mir

gesagt hast." Sie küsste ihn, als er lachte. „Hey, Clyde, willst du mich etwa ins Schlafzimmer bringen?"

„Versuche, mich aufzuhalten, Bonnie." Er jagte sie ins Schlafzimmer. Maia kreischte vergnügt, als er sie aufs Bett stieß.

Alle Anspannung schien zu verschwinden, als sie sich liebten. Später am Nachmittag, als sich all ihre Freunde bei ihnen zu Hause trafen, schien Maia vollkommen glücklich zu sein, und er war froh darüber.

Maia hatte sich bei ihrem Thanksgiving-Dinner selbst übertroffen, und nach dem Essen saßen alle satt und zufrieden im Wohnzimmer. Jamelia lag auf dem Rücken auf dem Boden und starrte wie betäubt an die Decke. „Jamelia, alles okay?" Maia grinste sie an.

„Ich liege im Geschmackskoma. Mom, ich glaube, du hast Konkurrenz."

„Ha", sagte Maia errötend und warf Unique einen nervösen Blick zu. „Glaube mir, ein Essen macht noch keine Meisterköchin. Ich verneige mich vor dir, meine Königin."

Unique lacht, als Maia sich verbeugte und winkte ab. „Mädchen, das Essen war unglaublich, sei ruhig stolz darauf. Wenn ich jemals Hilfe brauche, werde ich dich fragen."

„Wenn du all deine Kunden vertreiben möchtest, sicher. Atom wird dir sagen können, dass das Essen heute ein Glückstreffer war." Maia setzte sich auf Atoms Schoß und legte ihren Arm um seinen Hals. „Ist das nicht richtig, Schatz?"

Atom grinste sie an. „Schwierige Frage ... hey, ich mache Witze! Nein, sie ist eine großartige Köchin, Unique. Kochen ist eines ihrer vielen Talente."

„Wie kitschig." Emory verdrehte die Augen und lachte dann. „Also, was ist mit der Ankündigung, die ihr machen wolltet?"

Maia und Atom sahen sich an, dann grinsten beide. „Sag du es ihnen, Baby."

Maias Gesicht brannte, aber sie lächelte. „Nun ... wir haben geheiratet."

Die Gesichter ihrer Freunde waren geschockt. „Was?" Emory starrte sie an. Es war Nella, die Zehnjährige, die zuerst reagierte.

„Yay!" Sie lief zu Maia und Atom, die das Mädchen lachend umarmten. Dann gratulierten ihnen all ihre Freunde, und es dauerte einige Minuten, bis sie sich wieder beruhigt hatten.

„Gebt uns Details", sagte Michonne und ließ sich wieder auf ihrem Platz nieder. „Wann, wo, wie?"

Maia erzählte es ihr. Atom hatte ihr anfangs fast scherzhaft einen Antrag gemacht, als sie auf ihrer Couch ferngesehen hatten. Aber der Scherz war zu etwas Ernstem geworden – oder besser gesagt, sie hatten sich gegenseitig herausgefordert, sich zu trauen, bis sie merkten, dass sie es beide mehr wollten als alles andere.

„Also sind wir am nächsten Tag ins Rathaus gegangen, bevor wir die Nerven verloren haben. Es tut mir leid, dass wir es niemandem erzählt haben, aber wir wollten uns zuerst selbst daran gewöhnen." Atom strich mit seiner Hand über Maias Wange. „Man könnte sagen, dass wir impulsiv geheiratet haben, aber es war die beste Entscheidung, die ich je getroffen habe."

„Mir geht es genauso." Maia küsste ihn und warf Emory einen Blick zu. „Emory Harper, weinst du etwa?"

„Nein ..." Aber sie tat es. „Tut mir leid, ich bin ein Fan von Liebesgeschichten. Glückwunsch. Manche Leute denken vielleicht, es sei zu schnell, aber wisst ihr was? Niemand, der euch zusammen gesehen hat, würde das glauben. Verdammt, ich wünschte, wir hätten davon gewusst! Wir hätten Champagner mitbringen können!"

Atom ließ Maia von seinem Schoß rutschen und brachte sie damit zum Kichern. „Wie es der Zufall will ..."

Er verschwand in der Küche und kam mit einer Flasche Champagner und passenden Gläsern zurück. Maia half ihm beim Einschenken und bald hielten alle ihre Gläser in der Hand und stießen miteinander an. „Auf Maia und Atom. Möge euer Leben glücklich, gesund und voller Freude sein. Herzlichen Glückwunsch." Dante hob sein Glas, und die anderen taten es ihm gleich.

Später, lange nach Mitternacht, als all ihre Freunde gegangen waren, duschten Maia und Atom zusammen und gingen dann ins Bett. Atom strich mit seiner Hand über ihren Körper. „Bist du müde, Liebling?"

„Nicht für dich", flüsterte sie und drückte ihre Lippen an seine. Atom zog sie auf sich, während er sie küsste, und Maia setzte sich rittlings auf ihn. Seine Hände umspannten ihre Taille, als sie seinen Schwanz streichelte, bis es steinhart pulsierte.

Maia führte ihn in ihre feuchte Wärme, spannte die Muskeln in ihrem Inneren an und brachte ihn zum Stöhnen, als sie sich bewegte. Seine Hände streichelten ihre vollen Brüste, und seine Daumen strichen über ihre Brustwarzen und machten sie hart und unglaublich empfindlich.

Maias Haare fielen um ihre Schultern, und Atom starrte sie im Mondlicht an und bewunderte diese fantastische Frau, die ihn bedingungslos liebte, ohne etwas von ihm zu fordern.

Sie schliefen kurz nach ihrem Liebesspiel ein und schmiegten sich im Bett eng aneinander.

14

KAPITEL VIERZEHN

Der Albtraum begann wie immer im Zuhause seiner Kindheit, einem riesigen, kalten Herrenhaus, das er immer gehasst hatte. Trotz seiner Größe konnte er hören, wie seine Mutter und sein Vater einander anschrien und jede Attacke noch bösartiger und hasserfüllter war als die vorige. Wie konnte er mit diesen Monstern verwandt sein?

Er würde sich verstecken. Als Kind und selbst jetzt als erwachsener Mann riet ihm sein Instinkt, weit wegzulaufen und sich zu verstecken.

Aber in dem Albtraum gab es kein Entkommen. Die Wände waren aus massivem grauem Stein, und jede Tür, die er schloss, schmolz dahin, während die hyänenhaften Schreie seiner Mutter näherkamen. Sie würde zu ihm gelangen, voller verzweifelter Sehnsucht, zu lieben und geliebt zu werden, aber absolut unfähig, Liebe zu empfinden. Also würde sie ihn immer wieder mit Worten und Schlägen bestrafen, bis er blutete und gebrochen darum bettelte, sterben zu dürfen.

Eines Nachts versuchte sie, ihm seinen Wunsch zu erfüllen. Er war eingeschlafen, nachdem er Alkohol aus dem Vorrat seines Vaters gestohlen hatte. Er war vierzehn Jahre alt, aus dem

Internat – seinem einzigen Zufluchtsort – nach Hause gekommen und sein gutes Aussehen wurde immer offensichtlicher. Sowohl Jungen als auch Mädchen waren davon fasziniert. Seine Mutter hingegen war eifersüchtig.

Er war in einen tiefen, traumlosen Schlaf gefallen, als er etwas Kaltes an seiner Brust spürte. Er wurde wach, als er sah, wie seine Mutter nackt auf ihm saß, aber sie wollte ihn nicht vergewaltigen. Stattdessen hielt sie ein Messer in der Hand, dessen Spitze gegen seine Brust gepresst war, genau über seinem Herzen.

„Es ist besser so, mein Schatz", flüsterte sie und stützte sich auf das Messer. Tatsächlich hatte Atom sie abgeworfen, bevor die Klinge in sein Herz vordringen konnte, und seine schreiende Mutter hatte das Messer gegen sich gerichtet und ihre Handgelenke damit aufgeschlitzt, als Atom aus dem Raum stolperte.

Aber im Traum durchbohrte es ihn, und der Schmerz brannte in seinem Körper. Der Albtraum heute Nacht war besonders schrecklich. Während seine Mutter ihn ermordete, sah er hinter ihr eine Schattenfigur, einen Mann, der jemanden trug, und er wusste ohne Zweifel, dass es Zachary Konta war, der Maias Leiche in den Armen hielt. Als Atom verblutete, warf Konta Maia auf ihn. „Behalte sie", knurrte er. „Ihr habt einander verdient." Maias Augen waren offen und starrten leblos ins Nichts.

Plötzlich wachte Atom weinend und schreiend auf. „Nein, bitte, Maia, atme, lebe, verlass mich nicht ... bitte ..."

Es dauerte einen Moment, bis er ihre Arme um sich spürte und ihre warme, sanfte Stimme beruhigend und süß auf ihn einreden hörte. „Es ist okay, Baby, ich bin hier, ich bin hier ... ich liebe dich, du bist in Sicherheit ..."

Adrenalin pumpt durch seinen Körper, und er brach schluchzend zusammen, während Maia ihn festhielt. Er wusste, dass er Schwäche zeigen durfte. Sie würde ihn nicht dafür verurteilen oder verspotten ... Die Jahre der aufgestauten Wut, des Schmerzes und des Schreckens brachen unaufhaltsam aus ihm heraus.

Maia streichelte seinen Kopf, drückte ihre Lippen an seine Schläfe und ließ ihn weinen. Als sein Schluchzen nachließ, wischte sie die Tränen von seinem Gesicht. „Das hast du gebraucht, hm?"

Er nickte. „Es tut mir leid, ich wusste nicht, dass das passieren würde."

„Hattest du einen Albtraum? Du hattest schon mehrere, seit wir zusammen sind."

Atom war überrascht. „Du hast es bemerkt?"

„Ja." Sie lächelte ihn an. „Ich wollte dich schon vorher danach fragen, aber du solltest nicht das Gefühl haben, dass ... ich weiß nicht, dass ich neugierig bin. Aber ... sprich mit mir, Schatz. Es gibt nichts, was du mir nicht sagen kannst."

Atom zögerte. „Es ist so lange her."

„Was auch immer es ist, es belastet dich, also raus damit. Du kennst all meine dunklen Geheimnisse." Sie lächelte schief. „Ich meine es ernst. Du hast mir einmal gesagt, dass es nicht hilft, alles für sich zu behalten. Wir sind jetzt verheiratet. Sag es mir."

Also erzählte Atom ihr die schreckliche Geschichte seiner Teenagerjahre – die Streitereien, die Manipulation und schließlich der Mordversuch und der Selbstmord seiner Mutter.

„Natürlich glaubte mein Vater mir nicht. Er gab mir die Schuld an ihrem Tod. Er glaubte trotz meiner Verletzungen nicht, dass sie versucht hatte, mich zu töten. Er dachte, ich hätte darum gekämpft, ihr das Messer abzunehmen, aber selbst das war ihm nicht gut genug." Atom atmete tief ein. „Im Laufe der Jahre begann er zu akzeptieren, dass meine Mutter ernsthafte psychische Probleme gehabt hatte, aber trotzdem ... wir haben uns nie versöhnt."

„Oh, Schatz, es tut mir so leid." Maia schlang ihre Arme um

ihn. „Ich kann mir nicht einmal vorstellen, wie schlimm das gewesen sein muss."

Er küsste sie. „Ich wusste nicht, was Liebe ist, bis ich dich traf. Ich meine, meine Freunde, besonders Dante, haben mir Liebe gegeben, aber ich konnte mir niemals vorstellen, jemanden so nah an mich heranzulassen. Und ich habe immer noch Angst, dich zu verlieren."

„Das wird niemals passieren. Versprochen. Was auch immer das Leben für uns bereithält, du und ich sind ein Team." Maia küsste ihn innig. „Und ich liebe dich. Ich weiß jetzt, dass du der einzige Mann bist, den ich je geliebt habe. Du hast mir gezeigt, was Liebe ist."

Atoms Arme legten sich fester um sie, und sie begannen, sich wieder zu lieben, und vergaßen den Rest der Welt, bis die Dämmerung über der Insel einbrach.

KAPITEL FÜNFZEHN

Lark starrte Maia hinter dem Tresen an. „Geht es dir gut, Boss? Du bist heute sehr still."

„Bin ich das? Tut mir leid, ich denke nur über ... alles Mögliche nach. Hör zu, heute ist nichts los. Warum machen wir nicht eine lange Mittagspause – ich lade dich zum Essen ein – und holen einen Baum für den Laden?"

Es war die erste Dezemberwoche und Maia fühlte sich unruhig, als ob ihr ... *etwas* fehlte. Atoms Geschichte hatte sie verunsichert, aber sie achtete darauf, es ihm nicht zu zeigen, weil sie stark für ihn sein wollte. Er hatte einen Therapeuten in der Stadt gefunden und einen Termin für das neue Jahr vereinbart. In seinen Augen keimte neues Leben auf und Maia hatte das Gefühl, als wäre eine Last von ihm genommen worden.

Wenn nur die Last, die sie mit sich herumtrug, auch so einfach verschwinden würde. Die Vorstellung, dass Zach noch lebte und sie jagte ... Aber wie zur Hölle hatte er herausgefunden, wo sie war? Die einzige Antwort war, dass er sie die ganze Zeit beobachtet hatte, aber bei dem Gedanken daran wurde ihr schlecht. Was für ein kranker, gestörter Mann ...

Nein, sagte sie sich. Es gibt einfache Erklärungen. Das Auto hat mich versehentlich angefahren, der Einbruch war meine Schuld, weil ich vergessen habe abzuschließen, und die Mütze ...

Luka hat eine andere Mütze getragen. Ich habe mich nur falsch erinnert.

Es half ihr, so zu denken, aber ein kleiner Teil von ihr kam nicht zur Ruhe. Wenn Zach noch am Leben war ... bestand die Möglichkeit, dass Luka es auch war?

Hör auf. Mach dir keine Hoffnung.

Maia warf einen Blick auf die Uhr. Es war jetzt fünf vor zwölf, und der Laden war leer. Sie kritzelte schnell etwas auf ein Schild und stellte es ins Fenster. „Komm schon, Lark. Lass uns essen gehen."

Sie gingen zu ihrem liebsten Sandwichladen und suchten dann eine Fichte. Nachdem sie sicher in Maias Auto verstaut war, besorgten sie Dekorationen dafür. Sie gaben eine obszöne Menge Geld aus, was Lark in Schrecken versetzte, aber Maia lachte nur. „Es ist eine Investition. Wir werden diese Sachen immer wieder verwenden, du wirst schon sehen."

Vor der Buchhandlung gab es eine kleine Warteschlange, und Maia entschuldigte sich bei den Kunden und bot ihnen kostenlosen Eierlikör oder warmen Apfelsaft mit Gewürzen an. Bald war der Laden voller Menschen, von denen einige dabei halfen, den Baum zu dekorieren, während Maia an der Kasse stand.

Als sie endlich Zeit hatte, zum Baum zu kommen, brachte sie die Lichterkette daran an und wickelte sie dabei auch scherzhaft um Lark.

„Ich bin sicher, dass davon nichts in meinem Arbeitsvertrag steht." Die jüngere Frau kicherte, als Maia Weihnachtskugeln über ihre Ohren hängte.

Jemand räusperte sich, und die beiden Frauen drehten sich um und sahen den gruseligen Mann, der vor ein paar Wochen schon einmal gekommen war und jetzt ungeduldig an der Kasse wartete. Maia warf Lark einen resignierten Blick zu und ging zu ihm.

Wenn überhaupt, war er noch unheimlicher geworden und kam ihr viel zu nahe, als sie ihm einige neue Kinderbücher zeigte, die sie gerade geliefert bekommen hatten. Sie spürte seinen Atem an ihrer Schulter und nahm seinen muffigen Geruch wahr. *Igitt*, dachte sie, *höchste Zeit für eine Dusche.* Es war unmöglich zu sagen, wie alt er war. Sein Bart hatte graue Strähnen, aber das allzu intensive Schwarz seiner Haare deutete darauf hin, dass er sie gefärbt hatte. Seine pechschwarzen Augen blinzelten nicht, als er sie unverwandt damit fixierte.

Maia fühlte sich unwohl und wandte sich wieder der Kasse zu, um den Abstand zwischen ihnen zu vergrößern. Sie packte seine Bücher für ihn ein und nahm sein Geld entgegen. „Vielen Dank. Ich wünsche Ihnen schöne Feiertage."

Sie erwartete, dass er sich umdrehen und nach draußen gehen würde, aber er blieb stehen. „Ich frage mich", begann er und fixierte sie mit diesem beunruhigenden Blick, „ob Sie etwas mit mir trinken würden."

Maia seufzte innerlich, lächelte aber höflich. „Das ist sehr nett, aber ", sie hielt ihre linke Hand hoch, „ich bin glücklich verheiratet."

Er starrte den schlichten Ring aus Weißgold lange an, bis Maia ihre Hand senkte und hinter ihren Rücken schob.

Diesmal drehte er sich um und ging ohne ein Wort davon. Maia atmete erleichtert aus, und ihre Schultern sanken.

Lark, die sich endlich von der Lichterkette befreit hatte, kam herüber. „Meine Güte, dieser Typ ist wirklich seltsam."

„Warum habe ich das Gefühl, eine Dusche zu brauchen?" Maia erschauerte theatralisch und lachte. „Ah, egal. Hör zu, du hast heute mehr als genug getan. Warum machst du nicht früher Feierabend?"

„Bist du sicher?"

„Natürlich. Soll ich dich nach Hause fahren?"

„Nein, schon in Ordnung, ich habe mein Fahrrad." Lark wickelte ihren Schal um ihren Hals. „Danke, Maia. Wir sehen uns morgen früh."

Es war beinahe Ladenschlusszeit, als Maia die letzten Kunden verabschiedete, und sie stellte noch schnell ein paar Bücher zurück, bevor sie das Geschäft abschließen wollte. Als sie das letzte Buch auf das Regal schob, stöhnte sie fast, als sie hörte, wie die Tür sich öffnete.

Sie zwang ein Lächeln auf ihr Gesicht, ging zurück nach vorn und blieb stehen. Der gruselige Typ war zurück. Er lächelte sie an – oder besser gesagt, er verzog seinen Mund zu einem grotesken Grinsen.

„Ich akzeptiere so leicht kein Nein als Antwort."

Maia spürte, wie Wut und Furcht durch sie strömten. Was zum Teufel bildete er sich ein? „Es tut mir leid, aber wir haben geschlossen." Sie ging zur Tür und öffnete sie, ohne einen Moment zu zögern.

„Ich sagte, dass ich ..."

„Ich habe gehört, was Sie gesagt haben, Sir, aber ich habe Ihnen bereits meine Antwort gegeben. Bitte gehen Sie."

Er bewegte sich nicht. Maia wurde ungeduldig. „Hören Sie, wenn Sie glauben, Sie würden mich einschüchtern, täuschen Sie sich. Bitte gehen Sie jetzt, damit ich den Laden für heute schließen kann. Ich möchte zu meinem Mann nach Hause gehen."

Sie starrten einander einen langen Moment an, ohne dass einer von ihnen nachgab. Dann öffnete sich die Tür ein wenig weiter und ein muskulöser Mann, den Maia vage erkannte, trat in den Laden. Sein Blick war auf den seltsamen Kerl gerichtet.

„Gibt es hier ein Problem, Mrs. Harcourt?"

Maia versuchte, ihre Überraschung nicht zu zeigen, denn in diesem Moment erkannte sie, dass der Neuankömmling zu Atoms Sicherheitsteam gehörte. Sie versteckte ein Grinsen. „Nein, alles in Ordnung. Dieser Herr wollte gerade gehen."

Der Kerl warf ihr einen wütenden Blick zu, wagte sich aber offensichtlich nicht an den jungen Mann heran, dessen Bizeps dicker war als Maias Taille. Er ging stumm davon, und der Security-Mann schloss die Tür und lächelte Maia an. „Entschuldigen Sie die Einmischung. Ich weiß, dass Sie damit klargekommen wären. Ich war nur die Verstärkung."

Maia lächelte ihn an. „Ich danke Ihnen. Das hätte böse enden können. Ich bin Feministin, aber nicht dumm. Ich hätte versucht, ihn abzuwehren, aber wer weiß, ob ich Erfolg gehabt hätte. Danke." Sie bemerkte, dass sie zitterte. „Meine Güte. Hören Sie ... wir sollten uns richtig kennenlernen. Ich gehe davon aus, dass Sie für Atom arbeiten?"

Er streckte die Hand aus und sie schüttelte sie. Sie mochte seine ruhige, lässige Art. „Ash Oliver. Ich bin in Mr. Harcourts Team, aber noch relativ neu."

„Aus Washington?"

„Ich bin dort geboren und aufgewachsen, Ma'am."

Maia winkte ab. „Mein Gott, bitte, einfach Maia. *Ma'am* lässt mich wie eine alte Dame klingen. Nun, Ash, danke. Ich weiß es zu schätzen ... Wenn ich ehrlich bin, hatte ich keine Ahnung, dass Atom mir Security zugeteilt hat." Sie erinnerte sich vage an eine Unterhaltung über Schutzmaßnahmen, aber sie und Atom hatten nie wieder darüber gesprochen.

„Wir bleiben auf Distanz", sagte Ash. „Das Letzte, was Mr. Harcourt wollte, war, dass Sie sich beobachtet fühlen. Aber er wird wissen wollen, was gerade passiert ist, tut mir leid."

„Das ist okay, aber ich will es ihm selbst sagen. Wir haben

keine Geheimnisse voreinander. Zumindest keine großen." Sie grinste.

„Kann ich Sie nach Hause fahren?"

Maia lächelte ihn an. Er war wirklich süß mit seinen dunkelblonden Haaren und braunen Augen. „Nein danke, ich habe mein Auto."

KAPITEL SECHZEHN

Zu Hause begann sie, Gemüse für das Abendessen zu schneiden, während sie darauf wartete, dass Atom von der Baustelle zurückkam. Als sie seinen Schlüssel in der Tür hörte, ging sie ihm entgegen. Er grinste sie an, als er seinen Mantel an den Haken hängte. „Hallo, meine Schöne."

Als Antwort schmiegte sich Maia an ihn, drückte ihre Lippen auf seine und küsste ihn, bis sie beide atemlos waren. „Wow", sagte er, „das nenne ich eine Begrüßung."

„Als Nächstes wirst du sagen *Hier riecht es aber gut* und *Schatz, ich bin zu Hause.*" Sie grinste ihn an, und er lachte.

„Wir sind wie ein altes Ehepaar. Apropos ... wo ist das Kind?"

„Schon beim Essen." Maia sah ihn schuldbewusst an. „Ja, ich weiß, es ist früh, aber sie hat mich verrückt gemacht."

Wie auf Kommando kam Betty aus der Küche gestürmt, um Atom zu begrüßen, und er nahm den Hund in seine Arme. „Zumindest weiß ich jetzt, welchen Stellenwert ich bei dir habe, Betty. Gleich nach Maia und deinem Essen."

„Um ehrlich zu sein, kommst du bei mir auch direkt nach dem Essen ... nein, nicht!" Sie kicherte, als er sich auf sie stürzte und sie kitzelte. Maia entkam seinem Griff und lief in die Küche. „Wasch dir die Hände, es ist fast fertig."

Als er in einem frischen Pullover und einer Jeans zu ihr kam, hob er den Deckel des Topfes. „Fleischbällchen?" Er sah hoffnungsvoll aus und sie lachte.

„Ich weiß eben, was dir schmeckt." Sie setzte sich auf die Theke und musterte ihn. „Es ist ein Dankeschön."

„Wofür?"

Maia versteckte ein Lächeln. „Dafür, dass du mir einen hübschen Jungen als Bodyguard gegeben hast."

Atom blieb stehen und zog die Augenbrauen hoch. „Ash?"

„Genau der."

Atoms Lächeln verblasste. „Wenn du ihn getroffen hast, ist etwas passiert."

„Keine große Sache. Nur ein übereifriger Bewunderer. Ich habe mich darum gekümmert, aber Ash war die Verstärkung."

„Erzähle mir alles."

Also hielt sie ihr Versprechen an Ash und erzählte Atom, dessen Gesicht danach wie Stein aussah, alles. „Begreifst du, was er dir hätte antun können?"

„Das ist mir bewusst. Und ich beklage mich nicht darüber, dass du mich beschützen lässt, obwohl ich gern davon gewusst hätte."

Seine Augen wurden weicher. „Ich habe versprochen, dich nicht in einen Käfig zu stecken."

„Das hast du nicht, Atom. Ich weiß es zu schätzen, aber sag mir nächstes Mal vorher Bescheid." Sie legte ihre Hände auf seine Brust. „Danke, dass du auf mich aufpasst."

Beim Abendessen konnte sie sehen, dass Atom über den Vorfall nachdachte. Sie stieß sein Knie mit dem Fuß an. „Hey. Hör auf zu grübeln. Weißt du, wie oft Frauen von Männern belästigt werden?"

„Wöchentlich?"

„Eher täglich. Manchmal mehrmals am Tag. Manchmal reicht es schon, dass sie sich in der Warteschlange an der Kasse an einen drängen. Das mag keine große Sache sein, aber es ist eine unerwünschte Annäherung. Okay, genug davon. Wie geht es mit dem Haus voran?"

Er berichtete ihr von den Fortschritten am Haus der Harpers. „Was mich an etwas erinnert … Ich bekam heute einen Anruf von einer Firma, für die ich in New York gearbeitet habe. Sie veranstalten eine Weihnachtsparty und möchten, dass ich als Ehrengast dabei bin." Atom suchte in ihren Augen nach einer Antwort. „Was denkst du? Bist du bereit, nach Manhattan zurückzukehren?"

Maia war geschockt und dachte nach. Sie wusste, dass sie dort Bekannten von früher begegnen könnte – es war sogar sehr wahrscheinlich. War sie bereit dafür?

Atom nahm ihre Hand. „Kein Druck, aber es könnte helfen. Du hast mir erzählt, wie manche der Leute dort dich behandelt haben. Kehre mit erhobenem Haupt zurück, Maia. Zur Hölle mit ihnen."

„Weißt du was? Du hast recht." Sie atmete tief ein. „Lass es uns tun."

Atom beugte sich vor und küsste sie. „Ich werde alles arrangieren."

Eine Woche vor Weihnachten reisten Maia und Atom nach New York. Atom hatte die Penthouse-Suite eines High-End-Hotels mit Blick auf den Central Park gebucht und als sie sich für die Party ankleideten, schaute Maia auf die Stadt, die sie so lange ihr Zuhause genannt hatte. Nun fragte sie sich, wie sie jemals die Enge und den Lärm dort den Bergen und Seen Washingtons vorziehen konnte.

Atom bemerkte, dass sie in Gedanken versunken war, und küsste ihren Nacken. „Bist du okay?"

Sie nickte und lächelte ihn an. „Immer, wenn ich bei dir bin."

Atom ließ seine Hand anerkennend über ihr dunkelgoldenes Kleid gleiten, das sich an ihre Kurven schmiegte und ihre karamellfarbene Haut betonte. „Du siehst sensationell aus."

Sie drückte ihren Körper gegen seinen. „Nach der Party werde ich dich die ganze Nacht wachhalten." Sie lächelte ihn an und streichelte seinen Schwanz durch seine Hose. Atom grinste.

„Nur zu, meine Schöne."

In dem Taxi zur Party hielt sie nervös seine Hand, und Atom drückte ihre Finger, um sie zu trösten. „Ich bin bei dir", flüsterte er und beugte sich zu ihr, um sie zu küssen. „Immer".

Zuerst erkannte sie niemanden und begann, sich ein wenig zu entspannen, aber Maia und Atom waren früh dran. Sie wusste, dass Sakata und Henry auf der Party sein würden. Sie war in Kontakt mit ihrer alten Freundin geblieben, hatte sie aber seit Jahren nicht mehr gesehen.

Im Laufe des Abends tauchten jedoch vertraute Gesichter auf, einige, die sie vage kannte, andere, die eher mit Zach befreundet gewesen waren als mit ihr. Nur wenige von ihnen kamen auf sie zu. Die meisten entschieden sich, sie anzustarren und miteinander zu flüstern. Maia hob den Kopf und ignorierte sie – besonders diejenigen, die mit ihrem verhassten Exmann befreundet gewesen waren.

Sie war stolz darauf, bei Atom zu sein, aber im Laufe des Abends musste sie sich eine Auszeit nehmen, um durchzuatmen. Sie entschuldigte sich und ging zur Damentoilette. Dort holte sie tief Luft und schloss die Augen. In der Nähe dieser Leute zu sein, besonders zu dieser Jahreszeit, brachte alle möglichen Erinnerungen zurück, gute wie schlechte, aber vor allem Erinnerungen an Zach.

Wann hatte sie angefangen, ihn zu hassen? War es wirklich erst, nachdem er ihr Luka genommen hatte? Oder hatte es schon früher begonnen? Jetzt, da sie wusste, wie eine Ehe mit einem ebenbürtigen Partner war, voller Spaß und Freiheit, konnte sie nur den Kopf darüber schütteln, wie naiv sie in ihrer ersten Ehe gewesen war.

Und wie eingesperrt. Maia schüttelte den Kopf und wusch sich die Hände. *Das ist jetzt vorbei*, dachte sie, *und es hilft niemandem, darüber nachzugrübeln.*

Sie wollte gerade den Raum verlassen, als die Tür aufgestoßen wurde und sie Tracey Golding-Hamm gegenüberstand. Maia stöhnte hörbar und verdrehte die Augen. „Tracey ... was für ein Pech."

„Nun, wenn das nicht die trauernde Witwe ist. Das heißt ... da du es geschafft hast, einen weiteren reichen Mann in dein Netz zu locken, sollte ich wohl eher sagen *schwarze* Witwe."

„Wie witzig", schoss Maia zurück. „Ich habe deinen geschmacklosen Artikel gelesen ... Du weißt, dass Zach tot ist und du keine Chance mehr bei ihm hast, richtig? Es sei denn, du willst eine mörderische Leiche ficken."

Es war ihr egal, dass sie gemein war. Tracey verdiente es nicht besser. Sie sah etwas in Traceys Augen aufflackern und ein Schauer durchlief sie. Das war kein Ärger oder Schmerz ... es war Triumph. Genoss Tracey, dass Maia sich endlich einmal wehrte, oder war es etwas anderes? Etwas, das Tracey wusste, aber Maia nicht?

Als ob Zach noch am Leben wäre ... Maia öffnete den Mund, um etwas zu sagen, aber sie wurden von einem Freudenschrei unterbrochen, als Sakata Tracey aus dem Weg stieß und ihre Arme um Maias Hals warf.

„Maia Gahanna, es ist so lange her." Sakata klang, als würde sie in Tränen ausbrechen, und Maia drückte ihre Freundin fest an sich, als sie sah, wie Tracey verschwand.

Verdammt. Aber sie konnte nicht wütend bleiben, weil es einfach himmlisch war, mit Sakata zusammen zu sein. Sakata zog sie zur Party zurück. „Stell mich deinem wunderschönen Mann vor."

Maia fand Atom bei Henry und stellte ihrer Freundin ihren neuen Ehemann vor. Sakata musterte ihn einen langen Moment unverhohlen, dann wandte sie sich mit ernstem Gesicht Maia zu. „Er, Ms. Gahanna, ist ein deutliches Upgrade."

Sie lachten alle, während Sakata grinste und ihre schönen Augen tanzten. Sie und Atom flirteten scherzhaft miteinander, während Maia und Henry amüsiert zuhörten.

Maia sah Tracey wieder, als sie und Atom mit Sakata und Henry die Party verließen, und die andere Frau grinste sie arrogant an. Henry sprach gerade, und Maia wollte ihn nicht unterbrechen, um Tracey zu fragen, was sie wusste, aber es ging ihr den Rest des Abends nicht mehr aus dem Kopf.

KAPITEL SIEBZEHN

Sie blieben noch ein paar Tage in New York, bevor sie nach Bainbridge Island zurückkehren wollten, und Maia plante, morgen mit Sakata ein langes, gemütliches Mittagessen zu genießen und danach mit ihrer alten Freundin Weihnachtseinkäufe zu machen. Atom hatte den ganzen Tag Meetings und Maia dachte darüber nach, wie selten sie ihn elegant gekleidet gesehen hatte anstatt in Jeans und T-Shirt, um am Haus der Harpers zu arbeiten.

Sie lächelte vor sich hin, als sie mit dem Aufzug zurück in ihr Penthouse fuhren, und Atom fragte sie, woran sie dachte. „Ich stelle mir CEO Harcourt bei der Arbeit vor."

Atom lachte. „Was bevorzugst du? CEO oder Bauarbeiter?"

„Ich", sagte sie und drückte ihren Körper gegen seinen, „ziehe den nackten Harcourt allen anderen Harcourts vor."

„Verführerin." Er küsste sie und seine Zunge erforschte ihren Mund, während sich seine Finger in ihren langen Haaren vergruben. „Mrs. Harcourt, sobald wir in unser Zimmer kommen ..." Der Aufzug hielt auf dem Stockwerk ihrer Suite, und sie lachten beide. „Wie ich schon sagte ... jetzt, da wir ganz allein in unserem Zimmer sind ..."

Er nahm sie an der Hand und führte sie in das dunkle Wohnzimmer mit den deckenhohen Fenstern, hielt sie jedoch auf, als sie ins Schlafzimmer gehen wollte. „Nein."

Maia lächelte ein wenig verwirrt. „Baby?"

„Ich möchte, dass du mitten im Raum stehst. Vertraust du mir?"

„Mit meinem Leben", sagte sie leise, und er grinste, löste seine Krawatte und wickelte sie um ihre Augen. „Wild."

„Es wird sehr wild werden, Miss Gahanna."

„*Mrs. Harcourt*", schoss sie zurück und lachte. „Das ist mein Name, und ich bin stolz darauf."

Sie spürte, wie er die Träger ihres Kleides von ihren Schultern schob und die Seide ihren Körper hinunterrutschte. Atom strich mit einem Finger zwischen ihren Brüsten hinab und über ihren Bauch. Dann stieß er ihn sanft in Maias Nabel und brachte sie zum Kichern.

Seine Hände glitten um sie herum und öffneten ihren BH, bevor sie nach unten wanderten, um ihr das Höschen auszuziehen. Maia erschauerte vor Vergnügen, als Atom jeden Zentimeter ihrer Haut streichelte ... außer ihrem Geschlecht, das er nicht einmal berührte. Schließlich protestierte sie und hörte ihn lachen.

„So ungeduldig. Warte ab, meine Liebe. Ich verspreche dir, es wird sich lohnen."

Im nächsten Moment hörte sie, wie er etwas aufhob, gefolgt von einem Zischen. Maia kreischte, als eine kalte Flüssigkeit auf sie spritzte, vermutlich Champagner. „Oh, dafür wirst du bezahlen, Harcourt." Sie lachte wieder, als er sie auf den Boden zog und jeden Tropfen von ihrer Haut leckte.

Bald zitterte sie vor Lust, als sein Mund *endlich* ihre Klitoris fand, und sobald er die kleine, empfindliche Knospe reizte, schnappte Maia nach Luft und wurde von einem Orgasmus zum nächsten getragen.

Ihre verbundenen Augen trugen zu der Erregung bei, als Atoms Lippen sich über ihre Haut bewegten. Seine Zunge wurde an ihrer Klitoris durch seine Finger ersetzt, während er ihren Bauch küsste und seine Zungenspitze in die Vertiefung ihres Nabels glitt.

„Oh Gott, Atom ..." Es war noch nie so intensiv gewesen, und jetzt erinnerte sie sich daran, wie sie sich in jenem Club getroffen hatten, und fragte sich, was er dort wohl mit ihr gemacht hätte. „Atom, du sollst wissen ... Ich werde alles tun, alles mit dir ausprobieren ... alles."

Er schob die Augenbinde beiseite und lächelte sie an. „Baby ... Ich will dich gegen das Fenster gepresst ficken, während deine Brüste und dein Bauch gegen das kalte Glas gedrückt werden. Ich will, dass du über die Stadt schaust, während ich dich von hinten nehme und deinen Nacken und deine Schultern küsse ..."

Maia stöhnte und nickte, und er hob sie hoch. „Ich will dich zuerst ausziehen", sagte sie. Er nickte und lächelte sanft.

„Ich liebe dich so sehr, Maia Harcourt."

Sie knöpfte sein Hemd auf und drückte ihre Lippen an seine harte Brust. „Du bist mein Ein und Alles, Baby."

Er stieg aus seiner Hose, und Maia zerrte seine Unterwäsche über seine muskulösen Beine. Sein Schwanz war schon steinhart und als sie ihn in den Mund nahm, stöhnte Atom vor Vergnügen. Maia fuhr mit ihrer Zunge um die empfindliche Spitze und den langen, dicken Schaft.

Sie saugte daran, während er seine Finger in ihren Haaren vergrub, bis er kam und cremeweißes Sperma auf ihre Zunge schoss. Sie schluckte es herunter, bevor er sie auf die Füße zog und mit solcher Leidenschaft küsste, dass ihr schwindelig wurde.

Atom drückte sie gegen das Fenster, und Maia lehnte ihre Wange an das kalte Glas und seufzte glücklich, als er seine

Zunge über ihren Rücken zog und ihren Nacken küsste. Er spreizte ihre Beine mit dem Fuß und legte seine Hände über ihre Finger auf dem Glas.

Atom stieß immer fester zu, und Maia verlor die Fassung und rief stöhnend seinen Namen, während sie völlig unter seiner Kontrolle war. Sie fickten mit einer solchen Intensität, dass sie bald zusammen kamen. Atom drehte sie um, und sie starrten einander lange an.

„Wenn es ein Wort gibt, das stärker ist als *Liebe*, würde ich es zu dir sagen, Maia ... aber es gibt keine Worte dafür, wie ich für dich empfinde. Ich will nicht mehr als das, was wir jetzt haben ... und vielleicht eines Tages eigene Kinder. Für mich kann dieser Tag nicht früh genug kommen."

Maia küsste ihn mit wilder Leidenschaft. „Ich sehne mich nach einem Kind mit dir. Einem Kind, das weiß, dass seine Eltern einander und ihre Familie bedingungslos und grenzenlos lieben."

„Glaubst du nicht, dass es zu früh ist?"

Sie schüttelte den Kopf. „Unser Kind wird etwas haben, das Luka nicht hatte ... einen Vater, der es niemals verletzen würde. Einen Vater, auf den es sich verlassen kann ... der es beschützt und ihm alles beibringt, was es wissen muss."

„Und eine Mutter, die es bedingungslos liebt. Die ihr Leben für ihr Kind geben würde." Atom strich ihr übers Haar. „Luka hatte so eine Mutter. Und ich fühle mich geehrt, dass du mein Kind mit so viel Liebe unter dem Herzen tragen würdest, wie du es bei ihr getan hast."

Maia küsste ihn erneut. „Bring mich ins Bett, Atom. Alles, was ich hier und jetzt will, bist du. Für immer."

„Für immer", stimmte er ihr zu und trug sie zum Bett, wo sie sich liebten, bis die Wintersonne über New York City aufging.

KAPITEL ACHTZEHN

„Nun, meine Liebe, ich muss sagen ... Du siehst strahlend aus. Gott sei Dank." Sakata lächelte ihre Freundin an, als sie am nächsten Tag im Restaurant saßen. Sie genossen ein gemütliches Mittagessen, während sie miteinander plauderten. „Der Mann tut dir gut."

Maia grinste. „Das tut er wirklich, Sak, und es ist nicht nur Atom, sondern mein ganzes Leben dort. Es passt zu mir, weißt du?"

„Das kann ich sehen. Eine Buchhändlerin, ein Hund, ein großartiger Mann ... alles in dem schönen Staat Washington. Ich bin gerade ziemlich neidisch."

Maia lachte. „Würdest du die Fifth Avenue dafür aufgeben?"

Sakata wich mit gespieltem Entsetzen zurück. „Sag so etwas nicht, Gahanna." Sie lachte. „Wir sind sehr verschieden, Maia, aber deshalb liebe ich dich. Ich habe das nie gesagt, aber früher mit Zachary ..."

„Ich habe nicht in seine Welt gepasst. Das weiß ich jetzt, keine Sorge."

Sakatas Augen waren weich. „Aber ich bin für immer dankbar, dass du ein Teil davon warst, Maia. Ich hatte einfach immer das Gefühl, du wärst ..." Sie suchte nach dem richtigen Wort. „Eingesperrt."

„Seltsam, Atom hat das Gleiche gesagt. Ich denke, du hast recht."

Es gab eine kleine Pause, dann kaute Sakata auf ihrer Unterlippe. „Denkst du jemals an ihn?"

„An Zach?"

Sakata nickte, und Maia zuckte mit den Schultern. „Nur um ihn zu verfluchen, Sak. Jedes Mal, wenn ich an Luka denke, hasse ich ihn mehr. Ich denke daran, wie verängstigt und verwirrt sie gewesen sein muss, und das macht mich so wütend ..." Maia wurde sich bewusst, dass ihre Stimme lauter wurde, und atmete tief ein. „Entschuldige. Apropos, bevor ich dich gestern Abend getroffen habe, hatte ich einen seltsamen Moment mit Tracey."

Sakata schnaubte. „Sie spielt seit fünf Jahren die trauernde beste Freundin. Es wird allmählich langweilig. Sie macht sich zum Gespött."

„Hast du den Artikel gelesen? Und die Heilige-Mutter-Gottes-Posen auf den Fotos gesehen? Widerlich."

„Und retuschiert bis zur Unkenntlichkeit. Was war das für ein seltsamer Moment?"

Maia erzählte Sakata von Traceys merkwürdiger Reaktion, als Maia sie gefragt hatte, ob sie eine Leiche ficken wolle. „Da war etwas in ihren Augen, als würde sie mich auslachen, weil ich etwas so Offensichtliches übersehen habe."

„Was denn?"

Maia zögerte und sah ihrer Freundin direkt in die Augen. „Zum Beispiel, dass Zach vielleicht noch am Leben ist."

Sakatas Augenbrauen schossen hoch. „Das ist verrückt."

„Ist es das? Nach all dieser Zeit gibt es immer noch keine Leiche und keine richtigen Beweise dafür, dass er tot ist. Und in Washington ist etwas vorgefallen."

„Was?"

Maia erzählte ihr von der Mütze, die sie auf dem Dachboden ihres Hauses gefunden hatte. „Je länger ich darüber nachdenke, desto sicherer bin ich, dass Luka sie trug, als sie verschwand."

Sakata schwieg, dann legte sie ihre Hand über die von Maia. „Oh, Liebes."

Das Mitgefühl in ihrer Stimme ließ Maia erröten. „Du hältst mich für verrückt."

„Natürlich nicht. Aber, Maia, du hast jetzt dieses neue, unglaubliche Leben. Du bist mit der Liebe deines Lebens verheiratet. Schau nicht zurück. Denk nicht über Dinge nach, auf die du niemals Antworten bekommen wirst. Zach ist weg, genauso wie Luka. Es tut mir so leid, aber schau um deiner selbst willen nie mehr zurück."

Maia spürte einen Stich, nickte aber. Sie wusste, dass Sakata recht hatte, aber sie hatte heimlich gehofft, dass ihre Freundin ihr zustimmen würde, dass die beiden Situationen seltsam gewesen waren.

SPÄTER, als sie und Sakata sich verabschiedet hatten – ein emotionaler Moment, in dem sie versprachen, regelmäßig in Kontakt zu bleiben –, rief Maia Atom an, wurde aber an seine Mailbox weitergeleitet. Sie beschloss, allein Weihnachtseinkäufe zu machen und dabei all die Geschäfte zu meiden, in denen sie früher mit Luka oder Zach gegangen war – das war nicht mehr ihr Leben.

Sie erzählte Ash, der sie auf Atoms Wunsch überallhin chauffierte, dass sie etwas Zeit für sich haben wollte, und obwohl er darüber nicht glücklich war, hatte Atom ihn damit beauftragt, ihre Anweisungen zu befolgen. „Bitte nehmen Sie den Alarm mit. Nur für den Fall."

Maia versuchte, nicht die Augen zu verdrehen. „Also gut."

Man könnte meinen, ich wäre die First Lady, dachte sie. Sie fühlte sich immer noch nicht wohl mit den Schutzmaßnahmen, die Atom eingeführt hatte, aber das war der Kompromiss. Wenn sie allein sein wollte, ließ man sie in Ruhe. Sie würde in den Läden sicher sein, schließlich waren einige Tage vor Weihnachten zahlreiche Menschen unterwegs.

Maia musste zugeben, dass sie sich auf das erste Weihnachtsfest mit Atom freute. *Noch vor einem Jahr war ich unglücklich und allein. Jetzt habe ich den besten Ehemann der Welt, ein Zuhause, echte Freunde und ein Geschäft, das ich liebe.* Ihre Stimmung hob sich und sie verbrachte den Nachmittag damit, nach Geschenken zu suchen.

Atom rief sie kurz vor fünf Uhr an. „Wo bist du jetzt?"

Sie sagte es ihm.

„Ich werde dich dort treffen. In der Nähe gibt es ein großartiges koreanisches Restaurant. Was denkst du?"

„Das klingt wundervoll. Ich bin am Verhungern! Beeil dich", sagte sie lachend, und er nannte ihr den Namen des Restaurants. „Wir sehen uns dort."

„Ist Ash bei dir?" Maia lachte beinahe über den betont beiläufigen Klang seiner Frage.

„Nein, ich bin solo unterwegs."

Atom seufzte und lachte dann. „Also gut. Du raubst mir noch den letzten Nerv."

Maia grinste. „Bis gleich."

A\tom wartete vor dem Restaurant und küsste sie, ohne sich um die Leute zu kümmern, die sie anstarrten. „Hallo, meine Schöne."

„Guten Abend." Sie schmiegte sich an ihn. „Wie war die Arbeit?"

„Langweilig. Sehr langweilig." Er grinste. „Lass uns reingehen. Ich bin ausgehungert. Ich brauche dringend etwas zu essen und dich."

„In dieser Reihenfolge?"

„Gleichzeitig."

Sie hob die Augenbrauen. „Sexy."

Er grinste und nahm ihre Hand. Im Restaurant setzten sie sich an einen kleinen Tisch am Fenster und plauderten über ihren Tag. Atom fuhr sich mit der Hand durch seine dunklen Locken. „Mein Gott, ich bin froh, dass wir nicht hier wohnen, Baby. Zu viele Leute."

„Ja, nicht wahr? Ehrlich gesagt kann ich es kaum erwarten, nach Hause zu gehen. Ich will zurück zu unserem kleinen Haus, unserem Hund und unserem kleinen Stück vom Himmel."

Atom berührte ihre Wange. „Hey, wir können den Flug umbuchen und schon heute Abend abreisen."

Maia lächelte. „Das hört sich wunderbar an, aber ..."

„Aber?" Er sah überrascht aus. Maia kicherte, beugte sich vor und senkte ihre Stimme.

„Sakata hat mir von einem exklusiven Club erzählt." Sie hielt seinen Blick, und Erkenntnis dämmerte in seinen Augen.

„Wirklich?"

„Es gibt dort einen besonderen Raum. Eine Glaskabine, in der die Leute ... du weißt schon. Sie können wählen, ob es privat sein soll oder ... Die Kabine ist aus einem speziellen Glas. Man muss nur einen Schalter drücken, dann können einem alle anderen Gäste beim Ficken zusehen, wenn man das möchte." Ihr Gesicht brannte, aber sie konnte sehen, dass ihre Worte ihn faszinierten. „Man kann eine Augenmaske tragen, um seine Identität zu verbergen, aber sonst ..." Sie legte eine Hand auf ihr brennendes Gesicht. „Ich dachte nur ... mit dir wäre es so verdammt aufregend. Habe ich dich schockiert?"

„Wo haben wir uns nochmal getroffen? Beim *zweiten* Mal?"

Atom lächelte, aber seine Augen waren intensiv. „Natürlich hast du mich nicht schockiert ... Du hast mich *begeistert*."

„Also ... ja?"

„Oh ja, Liebling."

SIE WAREN SO in ihre Pläne und ihre Liebe vertieft, dass sie den Mann nicht sahen, der sie von einem Tisch im Hintergrund aus beobachtete. Seine Augen waren auf Maias Gesicht fixiert und sahen zu, wie ihr neuer Ehemann sie zärtlich streichelte. Wie würde er sich fühlen, wenn sie nicht mehr da war? Dem Blick in seinen Augen nach zu urteilen, würde es ihn umbringen.

Gut.

Harcourt hätte niemals berühren dürfen, was ihm nicht gehörte. Und Maia ...

Verdammte Hure.

Sie würde langsam sterben, entschied er, und während sie starb, würde er ihr etwas sagen, das ihren Tod noch hoffnungsloser und sinnloser machen würde.

Er lächelte vor sich hin. *Nicht mehr lange. Genieße deinen Geliebten, solange du kannst, Maia.*

Gott, sie war so schön. Diese mandelförmigen Augen mit den dichten dunklen Wimpern, ihre honigfarbene Haut, ihr süßes Lächeln ... Seine Leistengegend zog sich zusammen, und er erinnerte sich daran, wie die Haut an ihrem inneren Oberschenkel sich anfühlte, und daran, wie ihre Vagina um seinen Schwanz pulsierte. Er konnte kaum fassen, dass er das nie wieder fühlen würde, aber dies war der Weg, den er gewählt hatte.

Er ließ Geld für sein Essen auf dem Tisch liegen und ging an Maia und ihrem Ehemann vorbei. Er konnte nicht anders, als mit seinen Fingern über ihren Nacken zu streichen, und verspürte Befriedigung, als sie sich versteifte, während er davonging.

Draußen hatte es angefangen zu schneien. Er nahm das Handy aus seiner Tasche, drückte auf die Nummer, die unter *Zuhause* gespeichert war, und hörte, wie der alte Anrufbeantworter ranging. „Ich bin's. Ich bin bald zu Hause und wir essen zusammen zu Abend. Erinnere dich an die Regeln. Mach kein Licht an, bis ich komme. Vergiss es nicht. Ich will dich nicht noch einmal bestrafen. Wir wissen beide, was das bedeuten würde, nicht wahr?"

Er beendete den Anruf und ging zur U-Bahn-Station, wo er leicht im abendlichen Gewirr der Menschen verschwand. Das war schließlich seine Begabung.

Verschwinden ...

KAPITEL NEUNZEHN

Maias Mut ließ erst nach, als sie um Mitternacht in den Club kamen. Atom drückte ihre Hand. „Wenn du gehen willst, sag es einfach."

Sie schüttelte den Kopf. „Ich will das machen. Ich habe dir gesagt, dass ich mit dir alles ausprobieren möchte, und das war mein Ernst."

Er blieb stehen, bevor sie die Garderobe erreichten, und zog zwei Augenmasken hervor. „Okay?"

Maia nickte erleichtert. Atom band ihr die weiße Maske um die Augen und sie tat das Gleiche bei ihm. „Sollen wir Tarnnamen verwenden?", fragte sie.

„Du kannst sein, wer du willst."

„Ich will nur deine Frau sein und immer dir gehören."

„Dann brauchen wir keine Tarnnamen."

Er führte sie durch den Club. In den Ziegelsteinwänden befanden sich Nischen, in denen Paare zu zweit, zu dritt oder zu viert auf Betten lagen und sich liebten. Schöne Kellnerinnen schwebten schweigend und spärlich bekleidet durch den Raum und servierten Getränke, ohne Blickkontakt aufzunehmen.

Der ganze Ort hatte eine Atmosphäre wie aus einer anderen

Welt – er hätte eine Million Meilen von den Straßen Manhattans entfernt sein können. Er hatte etwas Griechisch-Römisches an sich – blühende Pflanzen bedeckten die Ziegelmauern, es herrschte schwaches Licht und sinnliche Musik driftete durch den Raum.

Einige Paare, gemischt und gleichgeschlechtlich, tanzten, und für ein paar Minuten legte Atom seine Arme um ihre Taille und sie bewegten sich zur Musik. Maia war dankbar dafür. Es entspannte sie und als Atom sie zu der Glaskabine in der Mitte des Clubs führte, folgte sie ihm mit einem aufgeregten Schauer.

In der Glaskabine angekommen, war sie überrascht, wie sauber und einladend sie war. Das Glas war von außen verspiegelt, so dass sie Privatsphäre hatten – zumindest vorerst.

Es gab ein Queen-Size-Bett mit frischen Laken und Atom legte sie darauf. „Lass uns zuerst entspannen."

Er öffnete ihr Kleid und sie streifte es ab. Sie hatte neue Dessous gekauft, einen zarten malvenfarbenen BH und ein passendes Höschen, das auf ihrer dunklen Haut gut aussah. Der Wertschätzung in Atoms Augen nach zu urteilen, dachte er ebenso. Er strich mit dem Finger über den seidigen Träger ihres BHs und lächelte sie an. „Schön, aber du wirst ihn nicht lange tragen, denn das, was darunter liegt, ist noch viel schöner."

Maia fühlte sich absurd geschmeichelt, als er ihr Höschen sanft über ihre Beine zog. Atom stand auf, befreite ihre Haare aus dem unordentlichen Knoten in ihrem Nacken und ließ sie über ihren Rücken fallen. „Du bist das schönste Geschöpf auf Erden", flüsterte er, während seine Lippen nur einen Zentimeter von ihren entfernt waren, „und ich kann immer noch nicht glauben, dass du mir gehörst."

„Für immer", sagte sie und drückte ihre Lippen an seine. Ihre Finger bewegten sich langsam zu den Knöpfen an seinem Hemd, doch bald riss sie es ihm fast vom Leib, weil sie ihn unbedingt nackt sehen wollte. Sie fuhr mit der Zunge von seiner

Kehle zu seinen Bauchmuskeln und spürte, wie sie vor Verlangen zitterten.

Atom lachte und drückte sie auf das Bett. Sie rangen spielerisch miteinander, bevor er ihr Gesicht in seine Hände nahm und sie ansah. „Ich möchte dich fast nicht teilen, aber deinen sexy Anblick für mich zu behalten, wäre ausgesprochen selbstsüchtig."

„Nur du darfst mich anfassen, mein Lieber. Nur du."

Atoms Hand glitt zwischen ihre Beine und begann, sie zu streicheln. „Willst du zuerst Liebe machen?"

Sie schüttelte den Kopf. „Nimm mich, Atom. Nimm mich gegen das Glas gepresst. Zeige allen im Club, wie man richtig fickt."

Atoms Augen entzündeten sich vor Lust. „Du schmutziges Mädchen."

Maia kicherte, als er sie in seine Arme nahm und zum Glas trug. Einen Moment betrachteten sie die Leute draußen. Niemand schaute zu ihrer Kabine, und Maia war ein wenig enttäuscht und sagte es auch.

Atom grinste. „Du kleine Exhibitionistin. Das liegt daran, dass sie keine Ahnung haben, dass wir hier sind. Wenn wir uns entscheiden – *falls* wir uns entscheiden –, das Glas durchsichtig zu machen, gehen die Lichter im Club aus und sie können uns sehen."

Maia drückte ihren Körper gegen das Glas und sah über die Schulter zu ihm zurück. „Lass die Show beginnen."

Atom war auf ihr, küsste ihren Nacken und drückte ihre Brüste und ihren Bauch gegen die Glasscheibe. Maia stöhnte leise und keuchte dann, als Atoms Schwanz hart in sie eindrang. Ihr Kopf rollte zurück, und er küsste ihren Mund, während er sie fickte. „Sollen wir?"

Sie nickte, und er drückte den Schalter, um das Glas durchsichtig zu machen. Für den Bruchteil einer Sekunde war Maia verängstigt, als die Lichter ausgingen und sie sah, wie sich die Leute im Club zu ihnen umdrehten. Dann flutete Adrenalin ihre Adern, als Atom schneller wurde und Maia es genoss, beobachtet zu werden. In den Augen ihrer Zuschauer sah Maia nichts als Bewunderung, Verlangen und Lust.

Sie kam hart, keuchte Atoms Namen und hörte sein Stöhnen der Erlösung, als sein Schwanz heißes, dickes Sperma tief in ihren Bauch pumpte. Sie schnappten nach Luft, bevor sie sich voneinander lösten, und Atom verspiegelte das Glas wieder. Er drehte sie sanft zu sich um, und sie lächelte ihn zitternd an.

„Das war wild."

Er umschloss ihre Wange mit seiner Handfläche. „Du hast meine Fantasien zum Leben erweckt." Er grinste. „Lass uns nach Hause gehen, Baby."

Zwei Stunden später flogen sie in einem Privatjet nach Seattle zurück.

„Du hast etwas Verruchtes in deinen Augen", sagte Lark anklagend, als Maia sie am nächsten Morgen im Buchladen begrüßte. „Bitte sag mir, dass du und Atom es nicht wieder im Hinterzimmer getrieben habt."

Maia grinste. „Nur das eine Mal. Dieses Mal hatten wir jede Menge Spaß in New York."

„Bäh", sagte Lark und sah ein wenig mürrisch aus. „Mach mich nur neidisch."

„Ach, komm schon, Lark." Maia grinste. Lark, die für gewöhnlich von Männern umschwärmt wurde, hatte in letzter Zeit kein Glück in der Liebe.

„Oder meine Intuition funktioniert nicht mehr", sagte Lark jetzt. „Hey, übrigens hast du dein Handy hiergelassen. Das rosane. Ich habe es vibrieren gehört und gefunden. Ich weiß nicht, warum du es immer noch hast. Es ist uralt."

Maias Lächeln zitterte ein wenig. „Ich weiß. Es war das Telefon, das ich hatte, als Luka vermisst wurde. Man sollte meinen, eine Fünfjährige kann sich keine Nummer einprägen, aber sie hat es getan. Ich habe es immer noch ... nur für den Fall."

Larks Gesichtsausdruck wurde weicher. „Natürlich, entschuldige."

„Kein Problem. Du hast es vibrieren gehört?" Maia ging ins Büro, hob das Handy hoch und bemerkte, dass es aufgeladen werden musste. Sie steckte das Kabel in die Steckdose und sah, wie das Ladesymbol zusammen mit der Anrufbenachrichtigung einer unbekannten Nummer angezeigt wurde. „Wahrscheinlich ein Werbeanruf", sagte sie und verbarg ihre Enttäuschung nicht. „Ich kann nicht glauben, dass ich vergessen habe, es mitzunehmen."

Lark legte eine Hand auf ihre Schulter. „Vielleicht bedeutet das nur ... dass du innerlich heilst."

Maia lächelte ihre Freundin an. „Vielleicht. Ich bin einfach noch nicht bereit, aufzugeben ... noch nicht." Sie kaute auf ihrer Unterlippe herum. „Morgen ist es fünf Jahre her. Vielleicht nach Weihnachten."

Lark rieb ihr wieder die Schulter und ließ sie allein. Maia starrte das Telefon an und betete darum, dass es klingelte. „Oh, wo bist du nur, meine süße Kleine? Ich würde alles dafür geben, dich zu finden." Sie schloss die Augen und versuchte, die Tränen zurückzuhalten. *Tu das nicht. Du hast so viele Gründe weiterzuleben für ... für Atom.* Maia lächelte. Sie liebte ihn von ganzem Herzen und konnte es nicht erwarten, seine Kinder zu bekommen.

Sie blinzelte, als sie Larks laute, verärgerte Stimme hörte. Das sah ihrer entspannten Freundin gar nicht ähnlich. Sie hörte, wie Lark schrie, und rannte los, nur um zu sehen, wie ihre junge

Angestellte ihr Gesicht umklammerte, während die Gestalt eines Mannes aus dem Laden lief.

„Er hat mich geschlagen! Dieser gottverdammte Bastard hat mich geschlagen!"

„Bist du in Ordnung?"

„Es geht mir gut ... Maia!"

Aber Maia hatte den Laden verlassen und rannte dem Mann nach. Sie sah, wie er hinter einer Reihe von Geschäften in eine Gasse abbog und folgte ihm. Sie tobte innerlich und als sie näherkam, erkannte sie ihn. Es war der unheimliche Kerl, der sie bedrängt hatte.

Er bog um eine weitere Ecke und Maia blieb ihm auf den Fersen. Das war ein Fehler. Er lauerte ihr auf und packte sie, sobald Maia um die Ecke kam. Zu spät erkannte sie, dass sie in die Falle gelaufen war.

Ihr Angreifer warf sie zu Boden, beugte sich über sie und schlug ihr hart in den Bauch. Maia rollte sich zusammen und schirmte ihren Kopf ab, als er Schläge auf sie herabregnen ließ. Wo zum Teufel war Ash?

Maia war nicht umsonst Feministin und als ihr Angreifer eine Pause einlegte, rutschte sie über den vereisten Boden und trat ihm in die Kniekehlen. Seine Beine gaben unter ihm nach, und er stürzte zu Boden. Maia rappelte sich auf.

„Maia!"

Endlich hörte sie Ash ihren Namen schreien. „Hier ... oh!"

Die rechte Faust ihres Angreifers traf ihre Schläfe, und sie fiel benommen hin, während er wegrannte. Maia war schwindelig, als Ash sie erreichte und hochhob. „Sind Sie in Ordnung?"

Sie nickte, schloss die Augen und versuchte, das Schwindelgefühl zu unterdrücken. „Er hat Lark angegriffen."

„Ich weiß. Es tut mir so leid. Er hat mich vorhin bewusstlos geschlagen ... Ich habe ihn nicht kommen gesehen."

Sie bemerkte, dass Ash über dem linken Auge blutete. „Mein Gott, Ash, wir müssen Sie zu einem Arzt bringen."

Aber Ash bestand darauf, sie zuerst in den Laden zu tragen. Während Lark die Polizei und einen Krankenwagen rief, kümmerte sich Maia um Ashs blutenden Kopf. „Ich glaube, das muss genäht werden."

„Maia, wirklich, mir geht es gut. Ich mache mir mehr Sorgen um Sie."

Maia schüttelte den Kopf. „Mir geht es gut. Wirklich. Ich werde während der Feiertage einfach ein paar blaue Flecken haben." Sie seufzte. „Ich kann Sie wohl nicht bitten, Atom nichts davon zu sagen?"

„Er ist schon unterwegs, tut mir leid. Wir haben ihn sofort kontaktiert."

„Nun, ich nehme an, Sie machen nur Ihren Job."

Atom kam zeitgleich mit der Polizei an, und Maia musste ein Grinsen verbergen, als er begann, Fragen zu stellen und dabei den Polizisten übertönte. Schließlich musste der Beamte ihn unterbrechen. „Sir, bitte. Wenn wir diesen Mann finden wollen ..."

Atom hielt den Mund, aber Maia konnte den Stress und die Sorge auf seinem Gesicht erkennen. Er sah sie an, als würde sie jederzeit zusammenbrechen, aber sie nahm seine Hand und drückte sie. Schließlich konnte er nicht länger schweigen.

„Die Tatsache, dass er zu ihr zurückgekehrt ist und es so arrangiert hat, dass sie allein und ungeschützt war ..."

Ash wurde rot und Maia empfand Mitleid mit ihm. Atom sah, wie der andere Mann zusammenzuckte, und legte eine Hand auf seine Schulter. „Ich gebe Ihnen keine Schuld, Ash. Ich will nur über das Motiv sprechen ... Mein Gott, der Kerl ist nicht nur ein aufdringlicher Verehrer, oder? Er wollte Maia verletzen. Wir haben es mit einem Besessenen zu tun."

Er und Maia starrten einander lange an, und sie konnte sehen, dass er sich das Gleiche fragte wie sie.

„Ist Ihnen etwas bekannt vorgekommen? Irgendetwas an ihm, Ma'am?" Der Polizist hatte ihren Blick gesehen.

Maia schüttelte den Kopf. „Ich ... ich weiß es nicht."

„Was bedeutet das?"

Maia fühlte sich verzweifelt. „Der Einzige, der mich vielleicht verletzen möchte ... er ist ... oder war ... er war viel kräftiger als dieser Mann. Dieser Mann ist extrem dünn, seine Augen haben die falsche Farbe ..." Aber als sie das sagte, festigte sich eine Gewissheit in ihrem Herzen und sie wusste es – oder vielmehr gestand sie es sich endlich ein. „Aber ja ... das könnte sein."

Atoms Gesicht erblasste, und er schloss die Augen. Der Polizist blickte zwischen ihnen hin und her. „Wer?"

Maia sah ihn an. „Mein Exmann. Zachary Konta", sagte sie mit toter Stimme, drehte sich um und übergab sich.

KAPITEL ZWANZIG

Maia beobachtete, wie Atom jede Tür und jedes Fenster im Haus überprüfte, während sie sich auf der Couch an Betty schmiegte. Als Atom fertig war, setzte er sich neben sie und legte seinen Arm um ihre Schultern. „Also."

„Also."

Sie sahen sich an. „Er will mich töten", sagte Maia, aber in ihrer Stimme war keine Angst, nur Resignation.

„Er kommt nicht in deine Nähe." Atoms Stimme brach vor Wut. „Die Polizei hat die Behörden in New York kontaktiert. Sie rollen den Fall wieder auf."

„Er hat sie getötet. Er hat meine Tochter getötet. Und jetzt will er mich tot sehen."

„Ich verstehe das nicht ... warum jetzt? Warum nicht vor fünf Jahren?"

„Weil ich vor fünf Jahren noch ihm gehört habe. Weil ich mich nicht in einen anderen Mann verliebt hatte. Ich wette um alles Geld der Welt, dass er mich die ganze Zeit beobachtet hat. Aber das hätte er kaum tun können, wenn er die ganze Zeit mit

Luka auf der Flucht gewesen wäre." Sie legte den Kopf in ihre Hände. „Es ist aus. Luka ist tot."

Sie begann leise zu weinen, und Atom schlang seine Arme fester um sie. Betty schniefte und leckte die salzigen Tränen von ihren Wangen. Aber es war nicht die Hysterie, mit der sie gerechnet hatte, wenn sie die Worte endlich laut aussprach. Es war einfach nur Trauer. „Luka …"

„Es tut mir so leid, Baby."

Sie saßen eine halbe Ewigkeit schweigend da, aber dann schaute Atom auf. „Es sei denn, er hatte Hilfe."

Maia wischte sich das Gesicht an ihrem Ärmel ab. „Hilfe?"

„Du hast gesagt, er hätte dir sonst nicht hierher folgen können. Was ist mit dieser Frau in New York?"

„Tracey?"

„Du hast mir erzählt, dass sie seltsam reagiert hat, als du ihr sagtest, Zach sei tot."

Maia starrte ihn an. „Ja, das hat sie." Sie dachte darüber nach. „Diese verdammte Schlampe. Dieses Miststück!" Sie ging wütend auf und ab. „Ich werde ihr ihren dürren Hals umdrehen!"

Atom beruhigte sie. „Ich rufe die Polizei an. Die Beamten müssen mit ihr reden … Maia? Hörst du mich?"

Maias Augen waren wild. „Du musst mich zurückbringen, Atom – noch heute Nacht. Wir müssen nach New York zurückkehren …"

„Nein."

Sie blieb stehen. „Was?"

„Ich habe Nein gesagt." Atom holte tief Luft und packte ihre Schultern. „Schatz, wir machen das richtig, damit diese Frau der Polizei alles gestehen muss, falls sie etwas weiß."

Maia war damit nicht zufrieden. „Sie wird der Polizei nichts sagen", tobte sie und wich von ihm zurück. „Das Einzige, was sie zum Reden bringen wird, sind meine Hände um ihren Hals."

„Das wird nur dazu führen, dass sie schweigt, Maia."

Maia wusste, dass er recht hatte, aber sie war zu wütend, um einzulenken. „Du hast mir versprochen, dass du immer für mich da sein würdest, und jetzt brauche ich nichts mehr, als dass du es mich auf meine Weise tun lässt."

„Soll ich zulassen, dass du wegen Mordes verhaftet wirst? Ich garantiere dir, dass es keine Gnade geben wird, wenn du Traceys Leben beendest. Und falls Luka noch irgendwo da draußen ist ..."

Maia verließ den Raum und ging nach oben, bevor er weitersprechen konnte. Sie ließ sich auf das Bett fallen und versuchte, sich zu beruhigen. Sie wusste, dass sie sich wie ein Kind benahm, aber sie war so verdammt zornig.

Sie war noch wach, als Atom kam und sich neben sie legte, aber inzwischen hatte sie sich beruhigt. „Es tut mir leid. Ich weiß, dass du recht hast."

Atom streichelte ihr Gesicht. „Liebling, es gibt auf dieser Welt nichts, was ich mehr will, als Luka in den Armen zu halten. Aber wir müssen es richtig machen. Konta muss ins Gefängnis und Tracey auch, wenn sie ihm geholfen hat. All das ist im Moment nur eine Vermutung. Bis wir sicher sind, dass dein Angreifer Konta war ..."

„Ich weiß." Sie seufzte. „Es tut mir leid, dass ich die Beherrschung verloren habe."

Er lächelte sie an. „Kein Problem Schatz. Irgendwie ist es heiß, dich so wutentbrannt zu sehen."

Maia lachte leise. „Was würde ich nur ohne dich tun, Atom?"

„Das wirst du nie herausfinden müssen, Baby."

Sie liebten sich und schliefen dann ein. Es war fast drei Uhr morgens, als Maia aufwachte, weil ein seltsames Geräusch von unten sie alarmierte. Sie setzte sich auf und lauschte. Kein

Eindringling, eher ein ... Handy. Aber es war nicht der Klingelton des Handys, das sie normalerweise benutzte.

Sie kletterte aus dem Bett und stieg die Treppe hinunter, ohne sich darum zu kümmern, ob sie Atom oder Betty weckte, als sie sich beeilte, das kleine rosa Telefon zu erreichen, bevor das Klingeln aufhörte. Sie packte es, drückte auf *Annehmen* und sagte atemlos und zitternd „Hallo". Als sie die Stimme am anderen Ende der Leitung hörte, gaben ihre Beine unter ihr nach und sie sank zu Boden ...

„*Mama!*"

KAPITEL EINUNDZWANZIG

Maia hielt Atoms Hand so fest, dass sie langsam taub wurde. Als der Helikopter über den Bundesstaat Washington in Richtung Portland flog, versuchte Atom, seine Frau zu beruhigen, aber er wusste, dass dies unmöglich war.

In den achtundvierzig Stunden, seit Maia den Anruf erhalten hatte, auf den sie seit fünf Jahren jeden Tag gewartet hatte, war sie angespannt und fast hysterisch gewesen.

Luka.

Luka lebte irgendwo an der Westküste. Das war alles, was sie ihrer Mutter schluchzend sagen konnte, und als sie die Polizei gerufen hatten, hatte sich das FBI eingeschaltet. Tracey Golding-Hamm war in New York verhaftet worden und hatte unter Androhung einer Gefängnisstrafe fast sofort geredet.

Es war alles wahr. Zach Konta hatte Luka mitgenommen und fünf Jahre mit ihr inkognito gelebt, wobei er Maia die ganze Zeit im Auge behalten hatte. Als sie nach Washington gezogen war, hatte er Luka nach Portland gebracht, damit er Maia bei ihrem neuen Leben beobachten konnte.

Luka sagte der Polizei, Zach habe ihr erzählt, Maia sei tot.

Erst als Zach versehentlich eine Zeitung mit einem Foto von Maia und Atom in New York liegenließ, hatte Luka die Wahrheit erfahren.

Zach hatte Luka fünf Jahre lang im Keller der Häuser, die er gemietet hatte, eingesperrt. Er hatte ihr Essen, Bücher zum Lernen und einen Fernseher gegeben, aber sie hatte nie Tageslicht gesehen.

Die Polizeibeamten sagten Maia und Atom, dass sie nicht zu viel erwarten sollten. „Ihre Tochter hat ihre prägenden Jahre eingesperrt verbracht. Sie ist nicht mehr das kleine Mädchen, an das Sie sich erinnern, aber lassen Sie sich das nicht anmerken. Sie hat so viel durchgemacht."

Maia hatte lange und heftig geweint, aus Erleichterung und Freude, aber auch aus Wut darüber, dass Zach ihrem lieben Mädchen so etwas angetan hatte. Atom hatte sie getröstet, aber jetzt, als sie zu dem Krankenhaus in Portland flogen, in dem Luka behandelt wurde, war Maia schlecht vor Sorge.

Was, wenn Luka sie ablehnte? Was, wenn sie keine gute Mutter für ihre gequälte Tochter sein konnte?

„Liebling, hör auf, dir Horrorszenarien auszumalen. Erwarte einfach keine Wunder. Wir haben alle Zeit der Welt, um Luka zurück ins Leben zu begleiten."

Aber Maia konnte es nicht erwarten, ihr Mädchen in den Armen zu halten. Sie konnte kaum glauben, dass es bald soweit sein würde.

Es war der erste Weihnachtstag und Schnee bedeckte den Boden unter ihnen. Als Portland in Sicht war und der Helikopterlandeplatz auf dem Dach näherkam, spürte Maia, wie ihr Herz immer schneller schlug. Wenige Augenblicke später eilten sie durch die Krankenhausflure.

Sie ist hier ... Sie ist hier ... Maia war atemlos vor Anspannung.

„Der Arzt möchte mit Ihnen sprechen, bevor Sie Luka sehen", sagte eine Krankenschwester und Maia nickte, obwohl jede Faser in ihrem Körper danach schrie, sofort ihre Tochter zu treffen ...

Der Arzt lächelte sie freundlich an. „Mir ist klar, dass Sie Luka unbedingt sehen möchten, aber ich wollte Sie darauf vorbereiten. Als Sie sie das letzte Mal gesehen haben, war sie ein fünfjähriges Kind. Jetzt ist sie zehn Jahre alt, aber ihre Erfahrungen sind nicht die eines normalen Kindes. Sie ist ihrem Alter voraus und sehr vorsichtig. Sie ist sehr dünn, vermutlich eher durch Angst als durch Mangelernährung. Sie ist sehr schlau und kann jede Art von Täuschung durchschauen. Also seien Sie ehrlich zu ihr. Das ist ihr lieber. Sie mag es nicht, berührt zu werden."

Maia hielt die Tränen zurück. „Hat er ... hat er sie verletzt oder ..."

„Nein. Soweit wir das einschätzen können, gab es keinen körperlichen Missbrauch, aber auch keine Zuneigung. Wie war Lukas Vater zu ihr, als Sie zusammen waren?"

„Sehr liebevoll ... zumindest hat er den Eindruck vermittelt." Maia lachte humorlos. „Es war anscheinend alles nur Show bei Zach. Doktor ... bitte, ich weiß, dass Sie mir das alles sagen, um uns zu helfen, aber ich muss meine Tochter sehen."

„Natürlich." Er warf Atom einen Blick zu. „Mr. Harcourt ..."

Atom nickte. „Erst nur Maia. Ich habe noch viel Zeit, Luka kennenzulernen. Wir sollten sie nicht überfordern." Er küsste Maias Schläfe, und sie lächelte ihn dankbar an und schmiegte sich in seine Umarmung. „Ich liebe dich", flüsterte er und sie erwiderte die Zärtlichkeit.

SIE WÜNSCHTE SICH FAST, sie könnte Atoms Hand halten, als der Arzt sie zu Lukas Zimmer führte. Die Angst in ihr wurde durch das Wissen gelindert, dass sie nur noch wenige Schritte von ihrem Kind entfernt war ... fünf Schritte ... drei ... zwei ...

Der Arzt öffnete die Tür. Maia trat in den Raum und ihre Augen wanderten sofort zu dem Kind, das auf dem Bett saß. Das Mädchen starrte sie an. Luka war offensichtlich größer geworden. Sie war schmal, ihre Haut fahl und ihre Augen wachsam.

Aber für Maia hatte sie nie schöner ausgesehen. Sie fand schließlich ihre Stimme wieder, als sie zitternd auf Luka zuging. „Hallo, meine Kleine ... oh, Luka ..."

Sie begann zu schluchzen, als sie ihrer Tochter die Arme entgegenstreckte, und langsam stand das Mädchen auf und kam ruhig in die Arme seiner Mutter.

„Mama? Bist du es wirklich?"

Maia lachte und weinte zugleich. „Ja, mein Schatz ... Oh, Luka ... es tut mir so leid. Ich habe dich so sehr vermisst."

Luka sah zu ihr auf, und Maia konnte den Konflikt in ihren Augen sehen. „Daddy hat mir erzählt, dass du gestorben bist." Ihre leise Stimme brach. „Er sagte, du bist von einem bösen Mann getötet worden, und wir können niemals nach Hause gehen, weil der böse Mann wiederkommen würde, um uns zu töten."

Maias Arme spannten sich um ihre Tochter an. Sie konnte Lukas Wirbelsäule durch ihren Pullover spüren und verfluchte Zach in Gedanken. „Luka ... Daddy ist ein sehr kranker Mann. Verstehst du? In seinem Gehirn."

Luka nickte, und Maia spürte, wie ihre dünnen Arme sich vorsichtig um ihre Taille schlangen. „Mama?"

„Ja, mein Liebling?"

„Wer ist der Mann? Ich habe ein Bild von dir gesehen. Da wusste ich, dass du nicht tot bist, und habe Daddys Handy gestohlen, um dich anzurufen."

Maia setzte Luka zurück auf das Bett und kniete sich vor sie, damit ihre Tochter ihr ins Gesicht sehen konnte und wusste, dass sie die Wahrheit sagte. „Das ist Atom, Schatz. Er ist mein

Ehemann. Er freut sich sehr darauf, dich kennenzulernen. Er möchte auf dich und mich aufpassen."

„Ist er nett?" Die Vorsicht war wieder in Lukas Augen, und Maia streichelte ihre Wange.

„Ja, Schatz. Sein Herz ist voller Liebe. Er liebt dich jetzt schon."

„Warum?"

Maia lächelte. „Weil er mich liebt und weiß, dass ich ohne dich nicht glücklich sein kann. Und", sie kitzelte Lukas Nase, „weil niemand, der dich kennt, dich nicht lieben könnte."

Luka sah von ihr weg. „Mama."

Maia spürte einen seltsamen Stich im Herzen. *Zachary, du Bastard.* „Kleines ..." Sie seufzte. „Hör mal, was möchtest du? Ich gebe dir alles und ich meine *alles*. Was würde dir helfen, dich besser zu fühlen?"

Luka biss sich auf die Unterlippe. „Ich weiß es nicht, Mama." Sie versuchte ein halbes Lächeln, ihr erstes, und Maias Herz brach vor Liebe zu diesem Mädchen. „Nur dich, Mama. Alles, was ich will, bist du."

Maia drückte ihre Tochter an sich. „Liebling, ich verspreche dir, dass ich nie mehr zulasse, dass man dich mir wegnimmt, okay?"

Sie hielten einander lange fest. „Mama?"

„Ja, Baby?"

„Wo ist Daddy?"

Maia streichelte das seidige Haar ihrer Tochter, vergrub ihr Gesicht darin und atmete den Duft ein. Luka roch genauso wie in Maias Erinnerung. „Wir wissen es nicht, Schatz. Die Polizei sucht ihn."

„Was ist mit der Lady?"

„Welche Lady, Nugget?"

„Die schreckliche blonde Frau."

Maia versuchte, keine Grimasse zu ziehen. „Tracey?"

Luka nickte. „Daddy und sie ... Ich habe gehört, wie sie darüber gesprochen haben, mich loszuwerden."

Maia konnte ihr Entsetzen nicht verbergen, und Tränen liefen über ihre Wangen. Sie brachte Luka dazu, sie anzusehen. „Daddy und Tracey werden bald im Gefängnis sein für das, was sie dir angetan haben. Niemand wird dich jemals wieder verletzen, hörst du mich? Nie mehr." Sie holte tief Luft. „Liebling ... ich lebe mit Atom auf einer sehr hübschen Insel, und wir haben ein schönes Haus in einer ruhigen Straße. Wir haben einen Hund namens Betty."

Lukas Augen leuchteten auf, und Maia lächelte. „Möchtest du ein Foto sehen?"

Luka nickte. Maia zog ihr Handy hervor und zeigte ihr ein Foto von Betty. Dann zeigte sie ihr ein kurzes Video von dem spielenden Hund und Luka lachte, als sie sah, wie Betty zur Kamera rannte und die Linse ableckte.

Dieses Lachen ließ Maias Herz höherschlagen, und sie fragte sich, wie lange es wohl her war, dass Luka so glücklich gewesen war. „Liebling, möchtest du mit uns nach Hause kommen? Wir haben ein Zimmer für dich, aber weil alles so schnell ging, konnten wir es noch nicht dekorieren. Wenn du zu uns kommst, können wir neue Sachen kaufen und du kannst dir aussuchen, was dir gefällt."

Luka berührte Bettys Foto. „Kann sie bei mir im Bett schlafen?"

Maia lächelte sie an. „Natürlich kann sie das. Ich glaube nicht, dass irgendjemand versuchen könnte, sie aufzuhalten. Betty wird dich lieben und deine beste Freundin sein."

Es klopfte an der Tür, und der Arzt steckte den Kopf ins Zimmer. „Alles in Ordnung?"

Maia nickte, spürte aber, wie Luka näher zu ihr kam. *Sie hat Angst, dass er mich ihr wegnimmt ...*

„Doktor ... wie lange wird Luka noch hierbleiben müssen?"

Der Arzt sah Luka zögernd an, aber Maia nickte. „Alles, was wir besprechen, sollte von nun an auch Luka einbeziehen. Sie hat das letzte Wort bei diesen Entscheidungen." Sie sah auf ihre Tochter hinab. „Du hast jetzt das Sagen, Kleines. Niemand kann mehr über deinen Kopf hinweg entscheiden."

„Nun", sagte der Arzt, „ich würde es vorziehen, Luka noch ein paar Tage hierzubehalten, nur um ihr Immunsystem zu stärken ... Wir können arrangieren, dass Sie hier bei ihr bleiben, Mrs. Harcourt, das ist kein Problem."

Maia sah Luka an, die sich sichtlich entspannte, und begriff, dass ihre Tochter Angst davor hatte, wieder verlassen zu werden. „Das wäre perfekt, aber wenn Luka nach Hause will ..."

„Dann sehe ich kein Problem. In ein paar Tagen", sagte der Arzt erneut, aber mit einem Lächeln. Er sah Luka an, die nickte.

„Okay." Sie blickte zu Maia. „Kann ich Atom treffen?"

Maias Herz schlug vor Liebe zu ihrer Tochter schneller. „Natürlich. Er kann es kaum erwarten, dich kennenzulernen. Bist du sicher?"

Luka nickte mit neugierigen Augen. „Ich werde Mr. Harcourt bitten, herzukommen", sagte der Arzt, und Maia dankte ihm.

Während sie warteten, strich Maia Lukas Haare aus ihrem Gesicht. „Du bist groß geworden, Kleines."

Lukas Augen waren traurig. „Ich wünschte ... ich wünschte, das alles wäre nie passiert."

„Oh Schatz, ich auch. Ich würde alles tun, um zu jenem Tag zurückzukehren. Ich würde dich nicht aus den Augen lassen."

Es klopfte wieder, und Atom trat langsam in den Raum. Sein Lächeln war zärtlich, als er sie ansah. „Hey, ihr zwei."

Maia hielt ihm die Hand hin, und er näherte sich. Sie konnte sehen, dass er nervös war. Er ging vor Luka in die Hocke. „Hallo, Luka, es ist schön, dich endlich zu treffen. Deine Mama hat mir alles über dich erzählt. Sie denkt jeden Tag an dich."

Luka nickte und musterte Atom. Einen Moment herrschte

Stille, dann streckte Luka die Hand aus und berührte Atoms Bart. „Weich", sagte sie fasziniert. Sie sprang vom Bett, um ihm näherzukommen.

Maia hielt den Atem an, aber dann hob Luka ihre Arme. Sie wollte, dass Atom sie hochhob. Maias Herz schwoll an, als Atom grinste und Luka in die Arme nahm. „Hey, Kleine", sagte er mit einem Lächeln und Maia kamen die Tränen, als Luka ihn anlächelte. „Hat deine Mama dir gesagt, dass wir ein Zimmer für dich haben? Es hat zwei große Fenster und eine Leseecke, und es ist sehr nahe am Strand."

„Wir bringen Betty zum Spazierengehen an den Strand", fügte Maia hinzu und streichelte Lukas Haar. „Du wirst es lieben, Schatz."

Luka nickte und griff erneut nach Maia. Atom ließ sie los und lächelte. „Wir feiern ein richtiges Weihnachtsfest, wenn wir nach Hause kommen, meine Lieben."

SPÄTER, als Luka in Maias Armen eingeschlafen war, entschuldigte sich Atom und ging zu seinem Sicherheitsteam. „Sorgen Sie dafür, dass das Haus und die Umgebung sicher sind. Wir bringen Maias Tochter bald nach Hause und ich möchte kein Risiko eingehen, verstanden?"

„Ja, Sir. Natürlich."

Danach sprach er mit dem FBI. „Gibt es Neuigkeiten bei der Suche nach Konta?"

Der Agent schüttelte den Kopf. „Nichts. Er ist wie vom Erdboden verschluckt. Luka sagte uns, dass sie drei Tage allein im Haus war, bevor wir sie fanden. Er hat sie verlassen. Ein Anwärter zum Vater des Jahres, hm?"

Atoms Wut war unübersehbar. „Geben Sie mir ein paar Minuten allein mit dem Kerl ..."

„Ich verstehe Sie. Ich habe selbst drei Kinder. Der Gedanke, sie einfach zu verlassen ... Verdammt." Der Agent schüttelte erneut angewidert den Kopf. „Der Kerl ist Abschaum."

Atom setzte sich neben ihn. „Was mir Sorgen macht, ist, dass er Maia nachstellen könnte. Er hat sie schon zweimal angegriffen. Jetzt, da sie Luka zurückhat und glücklich ist, wird er besessen davon sein, sie zu bestrafen."

„Wir haben das Krankenhaus abgeriegelt. Niemand wird ihr hier zu nahe kommen. Es gibt einen landesweiten Haftbefehl für ihn mit der neuen Beschreibung, die Sie uns gegeben haben. Und seine Komplizin singt wie ein Vogel und nennt uns jedes Versteck, von dem sie weiß."

„Hmm." Atom war nicht überzeugt. „Er hat unbegrenzte Mittel und eindeutig die Fähigkeit, sich zu verkleiden. Was ist, wenn er nie gefunden wird?"

„Wir werden ihn finden." Der Agent klang zuversichtlich, aber dann sah er Atom an und seufzte. „Hören Sie, Sie können nicht in ständiger Gefahr leben. Sie haben die Mittel, um sich zu schützen. Tun Sie das und genießen Sie das Leben mit Ihrer Familie."

Atom war gerührt, dass der Agent Maia und Luka als seine Familie betrachtete, und wunderte sich erneut, wie sehr sich sein Leben in so kurzer Zeit verändert hatte und wie er, ein Einzelgänger aus einer kaputten Familie, zu dieser neuen, glücklichen Familie gekommen war. Er war kein Dummkopf, er wusste, dass es eine Weile dauern würde, eine Beziehung zu Luka aufzubauen. Sein und Maias Leben würde sich ändern, jetzt, da sie ein Kind hatten, aber er freute sich darauf.

Er ging zurück ins Zimmer, wo Maia mit Luka lag, kletterte neben seine Frau auf das Bett und legte einen Arm um die beiden. Maia drehte ihren Kopf und lächelte ihn an.

„Ich liebe dich", flüsterte sie. „Alles, was ich jemals wollen könnte, ist jetzt hier."

Atom küsste sie. „Mir geht es genauso." Er nickte dem schlafenden Kind zu. „Fühlt es sich seltsam an, sie wieder in den Armen zu halten?"

Maia schüttelte den Kopf. „Es ist genauso wie in meiner Erinnerung, sie ist nur etwas größer. Sie fühlt sich an wie früher und riecht auch so. Mein kleines Mädchen." Ihre Augen strahlten. „Sie mag dich."

„Und ich mag sie. Sie ist dein Ebenbild, Maia. Und klug. Ihr kann man nichts vormachen."

Maia strich über Lukas Haar. „Wir werden die glücklichste Familie der Welt sein. Das schwöre ich dir."

„Ich weiß", sagte er und küsste sie erneut.

Zwei Tage später brachten sie Luka nach Bainbridge Island und begannen ihr neues Leben als Familie.

KAPITEL ZWEIUNDZWANZIG

Der Dezember wurde zu Januar und der Januar zu Februar, und schon bald setzte sich der Frühling durch, und die Natur erwachte wieder zum Leben.

Luka gedieh mithilfe von Maia und Atom prächtig. Es war nicht einfach – es gab Nächte, in denen sie schreiend aufwachte und Maia zu ihr eilte, um ihre hysterische Tochter zu beruhigen. Oft musste sie bei Luka schlafen, damit sie nicht weinte.

Atom war ihr stets eine Stütze, und er und Luka lernten sich langsam kennen. Er sprach mit ihr wie mit einer Erwachsenen, respektierte ihre Erfahrungen und ihren Schmerz und überschritt nie ihre Grenzen, und bald lernte Luka, genauso wie Maia, ihm zu vertrauen.

An dem Tag, als Luka Atom von sich aus spontan umarmte, dachte Maia, dass sie vor Glück weinen würde. Sie wusste, dass Atom begeistert und gerührt war.

Zu dritt dekorierten sie Lukas Zimmer so, wie sie es wollte. Es gab endlose Bücherregale, ein Fort aus Bettlaken an einem Ende und eine Leseecke am anderen. Wie vorhergesagt, verliebten sich Luka und Betty sofort ineinander und gingen überall zusammen hin.

Da sie fünf Jahre lang nicht in der Schule gewesen war, engagierte Maia eine Lehrerin, die zu Luka nach Hause kam, aber bald stellten sie fest, dass Luka ihrer Altersgruppe sogar voraus war.

Emory und Dante brachten Nella vorbei, um Luka zu treffen, und die beiden Mädchen, die sich in ihrem Temperament und ihren Hobbys sehr ähnlich waren, schlossen sofort Freundschaft. In den Sommermonaten wurde Luka mit Nellas Hilfe selbstbewusster und aufgeschlossener, und im September bat Luka darum, dieselbe Schule wie Nella besuchen zu dürfen.

Maia brauchte viel Mut, um es zu erlauben, ließ sich aber von Atom und Emory überzeugen. „Maia, glaube mir, ich kenne mich mit der Sicherheit an Schulen aus nach dem, was mir passiert ist." Emory hatte ein Massaker in der Schule überlebt und einigen Studenten das Leben gerettet. „Aus diesem Grund haben wir bei Nellas Einschulung darauf geachtet, dass die Sicherheitsmaßnahmen dort auf dem neuesten Stand der Technik sind. Darüber hinaus wird Atom bestimmt Security außerhalb der Schule postieren."

Maia schien immer noch nicht sicher zu sein. „Es klingt wie ein Gefängnis."

„Nur bis Konta gefunden wird", versicherte Atom ihr, aber alle wussten, dass dies immer unwahrscheinlicher wurde.

FAST EIN JAHR nachdem Luka gefunden worden war, war Zachary Konta wie vom Erdboden verschluckt. Tracey Golding-Hamm war unter anderem wegen Kindesentführung angeklagt worden und wartete in New York City auf ihr Gerichtsverfahren – sehr zu Maias Zufriedenheit.

Sakata und Henry hatten im Sommer zwei Wochen die Insel besucht und zu Maias großer Freude hatte sich Luka an sie, insbesondere an Sakata, erinnert und sie nicht mit ihrem Vater in Verbindung gebracht.

Luka erwähnte Zach nie. Sie hatte auf eigenen Wunsch allein mit einem Therapeuten gesprochen. Maia fragte sie, warum sie nicht wollte, dass sie hörte, was sie zu sagen hatte, und Luka hatte Reife gezeigt und geantwortet, dass sie nicht wollte, dass Maia das Schlimmste hörte. „Ich weiß, dass du auch Albträume hast, Mama."

Maias Herz schmerzte für ihre Tochter, der ihre Kindheit genommen worden war. Sie zeigte es nicht vor ihr, aber wenn sie und Atom allein waren, weinte sie um diese Jahre und die Unschuld, die unwiederbringlich verloren war.

LUKAS ELFTER GEBURTSTAG war ein besonderer Tag. Es war der 13. Oktober und sie hatte Maia gesagt, dass sie keine Party, sondern nur einen Tag mit ihrer Familie wollte. „Mama, können es nur du, ich und Dad sein?"

Maia sah sie geschockt an, aber Luka blickte zu Atom, der genauso überrascht war. Maia und Atom wechselten einen Blick. „Schatz ... Dad?"

Luka ging zu Atom und lächelte schüchtern. „Dad." Sie sagte es einfach, und Maia konnte die Emotionen auf Atoms Gesicht sehen, als er sie umarmte.

„Natürlich, meine Süße." Seine Stimme klang emotional, und er räusperte sich verlegen, aber erfreut. „Und was wünschst du dir als Geschenk?"

Luka lächelte und wieder dachte Maia, wie erwachsen sie aussah. „Ich will nur eines."

„Was?"

„Ich will einen neuen Namen. Ich will Luka Harcourt sein, wie Mama. Ich habe meinen neuen Namen geübt, und er passt zu mir." Sie sah unsicher zu Maia, deren Augen voller Tränen waren, obwohl sie lächelte.

„Das tut er wirklich."

Atom brachte Luka dazu, ihn anzusehen. „Liebling, du weißt, dass ich mir mehr als alles andere wünsche, du wärst meine biologische Tochter, nicht wahr? Für mich bist du meine Tochter. Ich liebe dich so sehr, und es ist mir eine Ehre, dass du meinen Namen tragen willst. Natürlich ... *natürlich* ..."

SPÄTER, als Maia ins Bett ging und Atom in ihrem Schlafzimmer fand, wie er aus dem Fenster schaute, ging sie zu ihm und stellte fest, dass seine Wangen tränennass waren.

„Hey, was ist los?"

Atom lachte und schüttelte den Kopf. „Ich hätte nie gedacht, dass ich das haben könnte. Eine Familie. Ich dachte, ich wäre zu kaputt dafür, weißt du?"

Maia zog ihn in ihre Arme. „Du hast das Schlimmste überlebt, was einem Kind passieren kann. Du und Luka habt so viel mehr gemeinsam, als du vielleicht denkst. Ich habe gesehen, wie ihr in den letzten Monaten beste Freunde geworden sind, weil ihr beide diesen Horror überlebt habt. Die Zerstörung des Vertrauens in die Eltern. Du verstehst sie auf eine Weise, die mir verschlossen bleibt, und ich bin so verdammt dankbar dafür, dass ich es nicht in Worte fassen kann. Nicht, dass ich euch beiden keine bessere Kindheit wünschen würde, aber was passiert ist, lässt sich nicht ändern, und jetzt ... du hast ihr geholfen zu heilen, Baby."

„Sie hat mir geholfen." Atom küsste Maia und umfasste ihr Gesicht mit seinen Händen, während seine Augen intensiv auf ihren lagen. „Dich zu lieben hat mich auf so viele Arten geheilt, Maia Gahanna."

„Harcourt", sagte sie. „Wir haben jetzt alle den gleichen Nachnamen."

„Kannst du glauben, dass sie darum gebeten hat?"

Maia lachte. „Ja. Das kann ich wirklich. Sie liebt dich, Atom ... Dad."

„Wow. Dad."

Maia lächelte und nahm seine Hand. „Komm schon, Dad. Lass uns ins Bett gehen. Vielleicht können wir ein kleines Geschwisterchen für unser Mädchen machen."

SIE VERSUCHTEN SCHON ein paar Monate, noch ein Kind zu bekommen, und Maia hatte die Pille abgesetzt. Jetzt, da sie sich langsam liebten, wussten sie, dass sich ihre Familie noch vollständiger anfühlen würde, wenn es klappte.

ZWEI MONATE SPÄTER, als Weihnachten näherkam, war Maia mit Lark in der Buchhandlung, während Atom, Luka, Emory und Nella für Maia Geschenke in der Stadt kauften. Maia wartete, bis der Kundenstrom versiegte, und ging dann in das kleine Badezimmer.

Sie schnappte sich ihre Handtasche und suchte den Schwangerschaftstest, den sie zuvor gekauft hatte.

Sie versuchte, sich keine Hoffnungen zu machen, als sie den Test durchführte und die wenigen Minuten bis zum Ergebnis wartete, aber etwas in ihr hatte sich verändert, das wusste sie. Sie hatte es in der letzten Woche gespürt – das merkwürdige Gefühl, dass sie schwanger sein könnte. Ihre Periode hatte sich verspätet und heute Morgen hatte Maia einen Abstecher in die Drogerie gemacht, bevor sie in den Laden kam.

Sie saß ungeduldig da und zwang sich, nicht auf die Uhr zu starren. Schließlich wusch sie sich die Hände und griff nach dem Müllsack, um ihn nach draußen zu bringen in der Hoffnung, dass er sie lange genug ablenken würde. Sie öffnete die Hintertür, ging die Gasse hinunter zu den Containern und warf den Müllsack hinein.

Maia drehte sich um und wollte in den Laden zurückgehen, als sie erstarrte. Ein Mann stand weniger als einen Meter von ihr entfernt. Er hatte zugenommen und seine Haare, seine Augenbrauen und seinen Bart gebleicht. Seine Kontaktlinsen waren jetzt eisgrau.

„Hallo Maia", sagte Zachary mit freundlich anmutender Stimme, während er ein Messer aus der Tasche zog. Er bewegte sich zu schnell für sie, als sie versuchte wegzulaufen.

Sie hatte nicht einmal Zeit zu schreien.

ASH KAM in den Laden und rieb sich die Hände. „Ich weiß, dass ich nicht hier sein sollte", er grinste Lark an, „aber ich dachte, ich könnte etwas von Maias gewürztem Apfelsaft mitnehmen. Es ist eiskalt da draußen. Wo ist sie überhaupt?"

„Hinten. Maia?", rief Lark, aber als ihre Chefin nicht antwortete, steckte sie den Kopf durch die Tür. „Hm. Ich denke, sie hat den Müll rausgebracht. Keine Sorge, Kevin behält den Hinterhof im Auge."

Lark schien nicht beunruhigt zu sein, aber Ash runzelte die Stirn und ging nach hinten. Draußen war niemand und sein Kollege Kevin war nirgendwo zu sehen, aber als er in die Gasse starrte, entdeckte er etwas auf dem Boden. Er ging darauf zu und als er näherkam, fluchte er laut. Blut.

„Oh Gott." Er griff nach seinem Handy, als er zum Laden zurückging. Lark sah besorgt aus.

„Was ist?"

Ashs Gesicht war angespannt. „Da ist Blut. Maia ist entführt worden."

23

KAPITEL DREIUNDZWANZIG

Atom trat auf die Bremse und stieg aus, bevor der Wagen ganz zum Stillstand gekommen war. Ash kam zu ihm. „Boss ... ich kann nicht in Worte fassen ..."

„Halt. Sagen Sie mir einfach, was passiert ist." Atom spürte Panik in sich aufsteigen, als er den Krankenwagen sah, und Ash sagte ihm, dass Kevin von einem Unbekannten angegriffen worden sei.

Atom ging zu seinem verletzten Wachmann. „Wie konnte er Sie überraschen?"

„Mr. Harcourt, er sah ganz anders aus als auf den Fotos." Kevins Gesicht war voller Blut. „Ich habe alles im Blick behalten, aber hier ist ein öffentlicher Raum, und wir können nicht jeden stoppen. Er ging nicht in die Gasse, bis er dazu bereit war. Er ist jetzt größer und schwerer und seine Haare ... sie sind blond gebleicht."

Kevin sah so schuldbewusst aus, dass Atom Mitleid mit ihm hatte. Dies war allein sein Fehler. Nach einem Jahr hatte Maia darauf bestanden, die Schutzmaßnahmen zu lockern, und ihm gesagt, dass vier Leute, die den ganzen Tag beim Laden Wache hielten, einfach zu viel seien.

Sie hatte auf einen Wachmann bestanden, aber als Kompromiss zweien zugestimmt – Ash für die Ladenfront und Kevin, der in der hinteren Gasse patrouillieren sollte.

„Ich habe den Kerl schon ein paar Tage gesehen. Er war pünktlich wie ein Uhrwerk, holte sich eine Zeitung und setzte sich dann auf die Bank, um sie zu lesen. Mir kam nie der Gedanke, dass er darauf warten könnte, dass Maia auf den Hinterhof kam, weil es so selten geschah. Normalerweise kümmert sich Lark um den Müll, während Maia bei Ladenschluss aufräumt. Er hat auf sie gewartet. Es tut mir leid, Boss, ich habe versagt."

Der Sanitäter bei Kevin warf Atom einen Blick zu, der sagte: „Lassen Sie mich jetzt endlich diesen Mann behandeln." Atom hob die Hand. „Nur noch eine Minute, bitte. Kevin ... er muss sie in einem Fahrzeug mitgenommen haben. Haben Sie irgendetwas gesehen?"

Kevin nickte. „Hyundai. Weiß."

„Großartig", sagte Ash, „wenn das nicht eines der häufigsten Autos auf der Straße ist."

Atom warf Ash einen Blick zu. „Gibt es in dieser Straße Sicherheitskameras?"

„Ein paar."

„Werten Sie die Aufnahmen aus. Konta und Maia können die Insel nicht so schnell verlassen haben. Maia ist hier irgendwo."

Ash, dessen Gesicht bei Atoms scharfem Ton rot geworden war, nickte. „Sicher, sofort."

Atom hatte das FBI kontaktiert, sobald Ash ihn anrief, und die Agenten hatten ihm versichert, dass sie ermittelten. Atom rief zurück und berichtete, was Kevin ihm erzählt hatte.

„Wir haben bereits Leute auf allen Fähren", sagte der Agent, „und wir schicken einen Helikopter-Suchtrupp."

„Wir versuchen, Kameraaufnahmen zu finden", sagte Atom

zu ihm, als er sah, wie das Auto des Sheriffs näherkam. „Die örtliche Polizei ist hier."

„Wir finden sie, Atom."

Atom hatte Emory erzählt, was passiert war, und sie hatte Luka zu sich und Nella nach Hause gebracht. Er rief sie jetzt an und berichtete ihr alles. „Wie geht es Luka?"

„Sie ist ein kluges Kind, Atom. Sie weiß, dass etwas nicht stimmt. Ich weiß nicht mehr, was ich ihr sagen soll."

„Lass mich mit ihr sprechen, Emory."

Luka grüßte ihn mit nervöser Stimme. „Hey, Süße. Hör zu, es ist okay, Mama braucht mich jetzt gerade. Wir lieben dich. Mach dir bitte keine Sorgen, okay?"

„Dad?"

„Ja, Kleines?"

Es gab eine lange Pause. „Ist es mein Vater? Hat er Mama?"

Lüge nicht, Maia würde nicht wollen, dass du lügst. „Ja, Schatz, er hat sie. Aber wir werden sie finden, und dann kommt er ins Gefängnis."

„Wird er ihr wehtun?"

Oh Gott, bitte, nein.... „Ich verspreche dir, dass ich nicht zulasse, dass er Mama verletzt."

Er konnte nur beten, dass er ihr nicht die größte Lüge ihres jungen Lebens erzählt hatte.

Maia erwachte mit schmerzendem Körper in Zachs Kofferraum. Zach hatte auf sie eingestochen und die Wucht des Angriffs hatte sie nach unten gerissen, wo ihr Kopf auf den vereisten Boden prallte und alles schwarz wurde.

Jetzt drückte sie ihre Hand an die Stichwunde in ihrer Seite und spürte das feuchte, klebrige Blut. Die Wunde schien nicht allzu tief zu sein, blutete aber stetig und Maia wusste, dass sie Schwierigkeiten bekommen würde, wenn sie die Blutung nicht stillte.

Wohin zum Teufel brachte er sie? Warum hatte er sie nicht direkt in der Gasse getötet? Und was hatte er mit Atoms Sicherheitskräften gemacht? Sie hatte Ash heute Morgen draußen gesehen, aber Kevin, der andere Mann, war nirgendwo in der Gasse gewesen.

Warum habe ich nicht aufgepasst? Ich war nur eine Sekunde unaufmerksam ... Verdammt, der Schmerz in ihrer Seite wurde immer schlimmer. Sie spürte, wie das Auto langsamer wurde und zum Stillstand kam. *Scheiße*. Maia tastete im Kofferraum herum, um etwas zu finden, das sie als Waffe verwenden konnte, aber da war nichts.

Sie blinzelte, als Zach den Kofferraum öffnete, und wehrte sich, als er sie herauszerrte. „Hör auf, gegen mich zu kämpfen, Schatz", sagte er, und seine Stimme zeigte keine Anspannung, als sie versuchte, ihn abzuwehren. „Du weißt, wie es enden wird, Maia. Du hast es immer gewusst."

Sie befanden sich irgendwo an der Küste und jetzt erkannte Maia den Ort als einen nahezu unbewohnten Teil der Insel.

Ein kleines Bootshaus stand neben dem Wasser, und Zach zog sie hinein und warf sie zu Boden. Schmerz durchbohrte sie, als er ihre Hände hinter ihrem Rücken fesselte und sie umdrehte.

Er sah zu ihr hinunter. „Also ... wir kommen zum Ende des Spiels. Es ist soweit, Maia. Ich werde dich langsam töten. Dann lege ich deine Leiche hier in dieses Boot, segle mitten auf den Puget Sound und bringe mich um. Ob man unsere Leichen vor den Elementen findet oder der Ozean sich um uns kümmert, werden wir nie erfahren."

Er riss ihre Bluse auf und grinste über die Wunde, die schon da war. „Das war nichts, Maia. Nur ein Kratzer." Er lehnte sich zurück und seufzte. „Hast du mir etwas zu sagen?"

„Warum?", fragte sie mit ruhiger Stimme. Maia wusste, dass niemand sie jetzt retten konnte, aber sie wollte verdammt sein, wenn sie starb, ohne zu wissen, warum er das alles getan hatte. „Warum hast du das gemacht? Was habe ich dir angetan, um das zu verdienen?"

Zach grinste. „Du wolltest mich verlassen."

Das schockierte sie. „Was *zum Teufel* redest du da?"

„Du hast damals schon Harcourt gefickt. Ich habe euch auf der Party gesehen. Auf dem Balkon. Du hast offenbar schon deine nächste Ehe geplant."

Maia starrte ihn an. „Bist du verrückt? Das war das erste Mal, dass ich überhaupt von Atom *gehört* hatte, geschweige denn wusste, wer er war."

„Ich habe euch gesehen, Maia." Das Messer befand sich gefährlich nah an ihrer Haut, und Maia atmete tief durch. *Lass ihn reden. Lenke ihn ab.* Das Seil um ihre Hände war lockerer, als Zach bemerkt hatte, und sie befreite sich langsam davon. „Die ... Blicke, die ihr euch zugeworfen habt, waren unmissverständlich. Wie lange ging das schon so?"

Sie seufzte. „Ich habe dich nie betrogen, Zachary, ob du es glaubst oder nicht." Sie versuchte, ihn anzulächeln. „Ich habe dich geliebt. Ich habe dich bis zu dem Moment geliebt, als du mir meine Tochter genommen hast. Deine Tochter, Zach. Was du ihr angetan hast, kann ich dir nicht vergeben."

Er bohrte die Messerspitze in ihre Haut und sie schrie bei dem schnellen Schmerz auf. „*Du* kannst *mir* nicht vergeben?" Sein Gesicht war nur einen Zentimeter von ihrem entfernt, und sein Speichel traf ihre Haut. Maia schaute nicht weg. Sie sah die Wut und den Wahnsinn in seinen Augen. „Du verdammte Schlampe! Wie viele meiner Freunde hast du gefickt?"

„Keinen einzigen, Zach. Du hast dir das nur eingebildet.

Aber weißt du was? Ich wünschte, ich hätte sie alle gefickt, denn dann wäre das hier mehr als nur ein Beweis dafür, dass du verdammt nochmal wahnsinnig bist. Du bist nichts als ein krankes Arschloch ..." Ihre Worte wurden abgeschnitten, als Zach auf sie einstach und der Atem aus ihrer Lunge gepresst wurde.

Während er das Messer aus ihr riss, beugte er sich vor und drückte seine Lippen gegen ihre. Maia biss hart auf seine Unterlippe und spürte, wie das weiche Gewebe nachgab. Zach brüllte und zuckte zurück, als Maia ihre Hände endlich freibekam. Sie ignorierte den Schmerz ihrer Wunden, rollte sich zusammen und trat mit aller Kraft mit beiden Füßen fest gegen Zachs Brust.

Zach stolperte zurück und sie hörte, wie sein Kopf gegen einen Stahlpfosten prallte. Maia betete, dass der Aufprall ihn getötet hatte, rappelte sich hoch und trat ihn so fest wie möglich in die Leistengegend, bevor sie zur Tür rannte.

Ihre Hoffnung schwand, als Zach vor Wut schrie, während sie die schwere Tür aufstieß und nach draußen stolperte. Maia hörte den Helikopter in dem Moment, als Zach mit blutverschmiertem Kopf hinter ihr her stolperte. Sie taumelte über die Felsen zu dem Auto, das Zach dort geparkt hatte, und schloss sich darin ein. Während sie beobachtete, wie der Helikopter näherkam, ließ sie die Scheinwerfer aufblitzen ... *S. O. S.* ...

Zach versuchte, die Tür des Wagens aufzureißen, aber Maia zeigte ihm den Mittelfinger und startete den Motor. Ihre Wunden bluteten jetzt stark, und ihr war schwindelig. *Nicht ohnmächtig werden.* Sie legte den Rückwärtsgang ein, und der Wagen fuhr mit kreischenden Reifen zurück, während Zach immer noch am Türgriff hing. Sie schleifte ihn hinter sich her, aber es war ihr egal. „Stirb, Arschloch ..."

Sie war abgelenkt und bemerkte den Felsen hinter dem Auto nicht, bis sie ihn schockiert traf. Bei der Wucht des plötzlichen Stopps prallte sie gegen das Lenkrad und schnappte nach Luft, als es hart gegen ihre Brust schlug. Das Fahrerfenster zersplitterte plötzlich, als Zach einen Stein darauf warf. Dann zerrte er sie auf den Asphalt.

Maia verlor die Kraft weiterzukämpfen, aber Lukas Gesicht war in ihren Gedanken. Als Zach, der sein Messer verloren hatte, die Hände um ihren Hals legte und anfing zuzudrücken, dankte Maia Gott, dass Luka Atom in ihrem Leben haben würde. Er würde sie großziehen und ihr alle Liebe der Welt geben ...

Schwarze Flecken tanzten in ihren Augenwinkeln, als sie Schreie und dann Schüsse hörte, und als sie ohnmächtig wurde, spürte sie, wie etwas Schweres auf sie sank und etwas Warmes sie umhüllte. Blut.

Aber nicht ihres.

„Maia!"

Licht drang in ihr Gehirn, und sie öffnete die Augen, als Atom Zachs Leiche von ihr zog und sie in seine Arme nahm. „Oh mein Gott, Maia ..."

Sie konzentrierte sich auf sein schönes Gesicht – und lächelte. „Es ist vorbei", sagte sie. „Es ist endlich vorbei. Ich liebe dich so sehr, aber ich denke, ich muss jetzt ohnmächtig werden."

Atom lachte und weinte gleichzeitig. „Tu, was du tun musst, meine Liebe. Wir bringen dich ins Krankenhaus, okay?"

„Okay." Sie lehnte ihren Kopf an seine harte Brust und wurde bewusstlos.

KAPITEL VIERUNDZWANZIG

Als sie aufwachte, spürte sie, wie sich kleine Finger um ihr Haar wickelten, und lächelte. „Hey, meine Kleine." Maia öffnete die Augen und sah ihre Tochter an. Luka kuschelte sich neben ihr auf das Krankenhausbett und schmiegte den Kopf an Maias Schulter. Atom war auf Maias anderer Seite und hielt ihre Hand. Er bückte sich und küsste sie. „Wie fühlst du dich?"

„Ganz gut", sagte sie etwas überrascht.

„Das wird das Morphium sein." Atom grinste.

„Nein, das ist die gute Gesellschaft", sagte Maia lachend. Sie küsste Lukas Stirn. „Geht es dir gut, Kleines?"

Luka nickte, sagte aber nichts, und Maia warf Atom einen Blick zu. Er schenkte ihr ein Lächeln und flüsterte: „Es geht ihr gut."

Maia streichelte die Haare ihrer Tochter. „Schatz, ich bin wirklich in Ordnung. Dein Vater ... er ist jetzt weg Er kann keinem von uns mehr wehtun, aber es ist okay, traurig zu sein."

„Ich bin nicht traurig", sagte Luka mit leiser Stimme, und Maia erkannte, dass ihre Tochter sich schuldig fühlte, weil sie nicht um ihren leiblichen Vater trauerte. Sie umarmte sie fest.

„Das ist auch okay, Kleines. Dein Vater war ein sehr kranker Mann und hat uns alle verletzt. Es ist in Ordnung, erleichtert zu sein."

Sie küsste die Stirn ihrer Tochter. „Alles okay?"

Luka nickte.

Später kam Emory, um Luka abzuholen und sie bei Nella übernachten zu lassen. Zuerst zögerte Luka, aber Maia überzeugte sie. „Ich werde morgen immer noch hier sein, Schatz, aber ich hoffe, dass ich bald nach Hause kann. Ich liebe dich."

Als sie allein waren, nahm Atom Lukas Platz auf dem Bett ein und wiegte seine Frau in seinen Armen. „Du hast mir Angst gemacht."

„Ich habe nicht aufgepasst und meine Verteidigung vernachlässigt, und er ist zu mir durchgedrungen. Bitte gib Ash oder Kevin keine Schuld."

„Ash hat gekündigt. Er ist ziemlich niedergeschlagen darüber, dich im Stich gelassen zu haben."

„Oh, verdammt nochmal."

Atom zuckte mit den Schultern, und Maia sah einen Rest Wut in seinen Augen. „Atom, es war wirklich nicht seine Schuld. Zach wäre auf die eine oder andere Weise zu mir gekommen. Es ist jetzt vorbei. Er ist weg. Gott sei Dank."

Sie hielten einander lange fest, ohne zu sprechen. Atom küsste ihre Schläfe. „Gibt es noch etwas, das du mir sagen willst, Baby?"

Maia runzelte die Stirn. „Was?"

Atom stand auf, packte seinen Mantel und zog eine braune Papiertüte heraus. „Lark fand das an dem Tag, als du entführt wurdest, im Badezimmer."

Maia griff hinein und spürte die Plastikteile des Schwangerschaftstests. Ihr Mund bildete ein überraschtes *Oh*. „Das hatte ich ganz vergessen. Ich habe den Test gemacht und versucht, ihn nicht anzuschauen. Um mich abzulenken, habe ich den Müll rausgebracht." Sie spürte einen Stich, als sie Atom ansah. „Hast du nachgesehen?"

Atom nickte, aber sie konnte seinen Gesichtsausdruck nicht deuten. „Schau mal."

Einen Moment geriet sie in Panik. Ihre Wunden waren zwar unangenehm, aber nicht allzu ernst gewesen – sie war weniger als eine Stunde operiert worden –, aber wenn ...

„Maia, schau dir das an."

Sie zog den Test aus der Tüte und zwang sich, ihn anzusehen.

Schwanger.

Maias Hand flog zu ihrem Mund. „Oh mein Gott ..." Sie sah zu Atom auf, dessen breites Grinsen voller Freude war. „Wir bekommen ein Baby."

Atom lachte. „Scheint so ... Der Arzt hat es während deiner Operation bestätigt. Alles ist in Ordnung." Er setzte sich wieder und küsste sie. „Du bist wahrscheinlich ungefähr in der sechsten Woche."

„Wir bekommen ein Baby!" Maia weinte jetzt und lächelte durch ihre Tränen, als Atom sie in seine Arme nahm und zärtlich küsste.

„Luka wird einen Bruder oder eine Schwester haben. Wir sind jetzt eine Familie, Baby."

Maia hielt sich an ihrem Mann, der Liebe ihres Lebens, fest und weinte vor Freude, als er sie küsste. „Danke, Atom. Vielen Dank, dass du mich auf so viele Arten wieder zum Leben erweckt hast."

„Danke, dass du mir beigebracht hast, wieder zu vertrauen", sagte er mit rauer Stimme. „Von jetzt an werden wir vier immer zusammen sein." Er grinste. „Entschuldige – und Betty natürlich."

Maia starrte ihn an. Glück strömte durch ihre Adern und ließ die letzten Spuren von Schmerz und Angst verschwinden. „Wir werden von jetzt an immer glücklich sein, nicht wahr, Atom?"

Seine grünen Augen funkelten sie an. „Das verspreche ich dir, Liebling."

Maia wusste, dass er nach allem, was geschehen war, die Wahrheit sprach ...

Ende

MELDE DICH AN, UM KOSTENLOSE BÜCHER ZU ERHALTEN

Möchtest Du gern Eifersucht und andere Liebesromane kostenlos lesen?

Tragen Sie sich für den Jessica Fox Newsletter ein und erhalten Sie ein KOSTENLOSES Buch exklusiv für Abonnenten indem Du diesen Link in deinem Browser eingibst:

https://www.steamyromance.info/kostenlose-b%C3%BCcher-und-h%C3%B6rb%C3%BCcher/

Eifersucht: Ein Milliardär Bad Boy Liebesroman

Neue Liebe entsteht, aber auch eine Eifersucht, die sie zu zerstören droht.
    Ich habe meine winzige Heimatstadt und ihre Einschränkungen hinter mir gelassen. Dann erschien ein bekanntes Gesicht in der Bar, in der ich arbeite, und brachte mich wieder dorthin zurück, wo ich angefangen hatte …

https://www.steamyromance.info/kostenlose-b%C3%BCcher-und-h%C3%B6rb%C3%BCcher/

Du erhältst ebenso KOSTENLOSE Romanzen-Hörbücher, wenn Du Dich anmeldest

©Copyright 2020 von Jessica Fox – Alle Rechte Vorbehalten
Es ist in keinster Weise erlaubt, irgendeinen Teil dieses Dokumentes zu reproduzieren, zu duplizieren oder zu übermitteln, weder in elektronischem noch gedrucktem Format. Aufnahmen dieser Publikation sind streng verboten und jegliche Speicherung und Aufbewahrung dieses Dokumentes sind nicht gestattet, es sei denn es liegt die schriftliche Erlaubnis des Herausgebers vor. Alle Rechte sind vorbehalten.
Die jeweiligen Autoren haben alle Urheberrechte inne, über die der Herausgeber nicht verfügt.

❀ Erstellt mit Vellum

www.ingramcontent.com/pod-product-compliance
Lightning Source LLC
LaVergne TN
LVHW021716060526
838200LV00050B/2696